光文社文庫

長編時代小説

鬼役 壱

新装版

坂岡　真

光　文　社

この作品は、二〇一二年四月に光文社文庫より刊行された『鬼役　壱』に著者が大幅に加筆修正をしたものです。

目次

幕府の職制組織における鬼役の位置

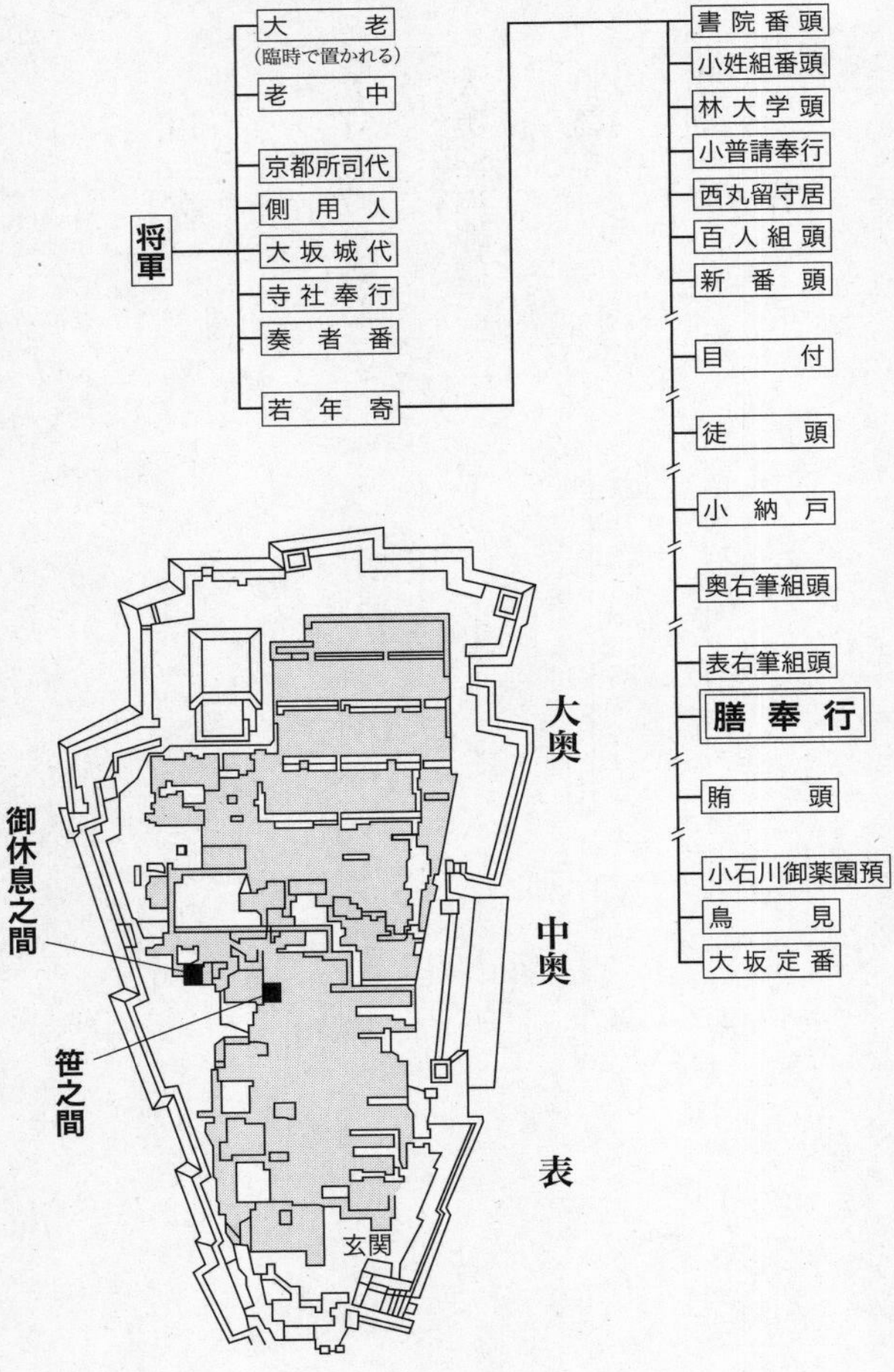

鬼役はここにいる！

★**御休息之間**：将軍が食事をとる場所。毒味が終わると食事はここへ運ばれる。

◆**笹之間**：御膳奉行、つまり鬼役が毒味を行う場所。将軍の食事場所に近い。

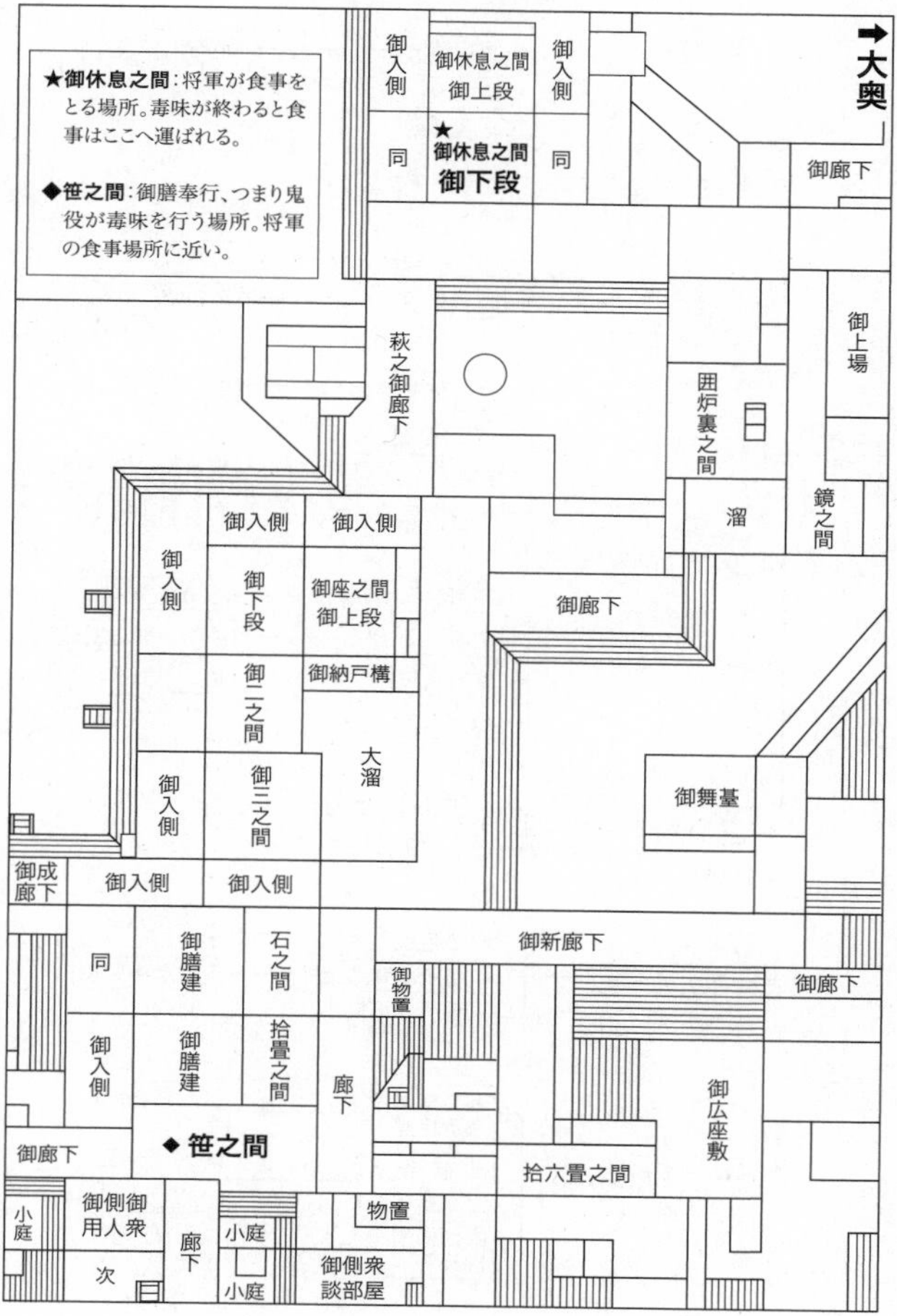

将軍、大奥の食事に関わる役職

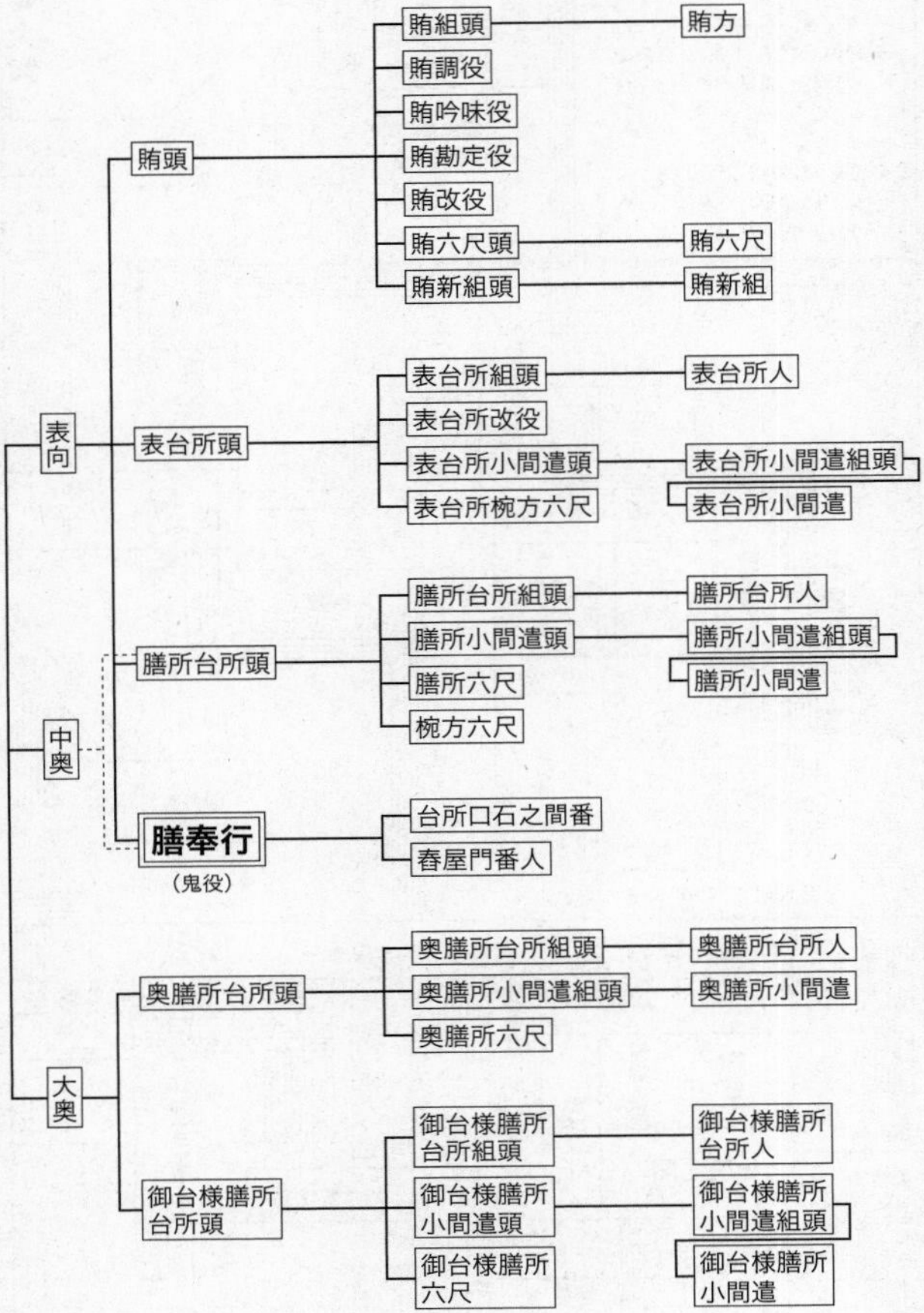

鬼役

壱

天守金蔵荒らし

一

師走小寒《しわすしょうかん》、亥《い》ノ下刻《げこく》（午後十一時）。
寒い。爪先まで凍りつきそうだ。
土左衛門《どざえもん》が流れつくことで知られる本所百本杭《ほんじょひゃっぽんぐい》に、釣り糸を垂れる侍がひとりあった。
編笠《あみがさ》をかぶっているので面体《めんてい》はわからない。
栗皮《くりかわ》色の袷《あわせ》を纏《まと》い、腰に黒蠟《くろろ》塗りの鞘《さや》におさまった大小を差している。
大刀の柄《つか》が一風変わっていて、異様に長い。長柄刀《ながつかとう》だった。
漆黒《しっこく》の空から、風花が舞いおちてくる。

百本杭は鮒《ふな》や鯉《こい》や鯔《ぼら》なども釣れる釣りの名所だが、師走の今時分に糸を垂れる物好きはいない。

じっと動かぬ侍の背中は、凍《い》てつく汀《みぎわ》に溶けこんでいる。

ふと、御竹蔵《おたけぐら》のほうから、さくさくと雪を踏みしめる跫音《あしおと》が聞こえてきた。

ひとり、ふたり、三人……。

胸の裡《うち》に数えながら、侍は継ぎ竿をしまいこむ。

ゆらりと、立ちあがった。

痩《や》せた男だ。

丈《たけ》が高いぶん、いっそう痩せてみえる。

闇のむこうから、提灯《ちょうちん》が揺れながら近づいてきた。

提灯を手にしているのは、商人風体《ふうてい》の肥えた男だ。

ふたりの浪人をともなっている。

「用心棒だな」

痩せた男は白い息を吐き、両手を擦《こす》りあわせた。

雪道に一歩踏みだす。

頬《ほお》に吹きつける川風が、上っ面《つら》の雪を羽衣《はごろも》のように巻きあげた。

痩せた人影が光を遮《さえぎ》り、三人の行く手に立ちふさがる。

「うおっ、誰でえ」

提灯が跳ね、商人風体の男が声をひっくりかえした。

福々しい面相をゆがめ、胸を反らすほど驚いている。

それでも足を踏んばり、提灯を鼻先へ翳《かざ》してみせた。

「物盗《と》りか。だったら相手をまちげえたな」

商人らしからぬ口調で喋《しゃべ》り、左右に顎《あご》をしゃくる。

両脇から悪党面を差しだしたのは、端金《はしたがね》で雇われた野良犬どもだ。

「こちらはな、腕の立つ先生方だぜ。掛かってくる度胸はあんのけえ。へへ、編笠の旦那よう」

「くく」

痩せた男は、咽喉《のど》をひくつかせて笑った。

「……こ、この野郎、何が可笑《おか》しいんでえ」

「弱い犬はよう吠えるとか」

「あんだと」

「魚河岸の干鰯《ほしか》問屋、駿河《するが》屋利平《りへい》だな」

「な、何で知っていやがる」

動揺する駿河屋にむかって、痩せた侍は平然と応じた。

「ずいぶん伝法《でんぽう》な物言いではないか。おぬし、ただの商人ではないな」

さては盗人かと、詮索《せんさく》したところで意味はない。

どうせ、相手は死ぬ運命《さだめ》にある。

「てめえは誰でえ。おれに何の用がある」

「用件はひとつ。おぬしがいまさっき、料理茶屋で会ってきた相手の名を教えよ」

「聞いてどうする」

「さてな」

「くそっ、火盗改《かとうあらため》の手先か」

「はずれ」

「だったら、目付《めつけ》の密偵《いぬ》かよ」

「それもちがう。聞きたくば、教えてやってもよい。ただし」

「何でえ」

「わしの名を聞いた者で生きておる者はおらぬ」

「けっ、恰好《かっこう》つけんじゃねえ。もったいぶらねえで正体を明かしな」

駿河屋が凄《すご》むと、侍は不敵な笑みを泛《うか》べた。

「それほど知りたいなら教えてやろう。わしは公儀《こうぎ》鬼役《おにやく》、矢背《やせ》蔵人介《くらんどのすけ》」

「鬼役だと。何だそりゃ」

「白洲《しらす》で裁けぬ悪を断つ。それが役目よ」

「しゃらくせえ」

駿河屋は声を張り、後方へ飛びのいた。

「先生方、殺《や》っておくんなせえ」

「心得た」

二匹の野良犬が刀を抜き、左右に散った。

物腰から推《お》すと、人斬りに馴れた連中のようだ。

蔵人介は編笠も取らず、刀も抜こうとしない。

一陣の風が吹き、着物の裾《すそ》をさらっていった。

「覚悟せい」

一匹目の野良犬が、鼻息も荒く迫ってくる。

青眼《せいがん》の構えから刀の切っ先を車《しゃ》に落とすや、

「うりゃっ」

気合一声、下段から薙《な》ぎあげてきた。

蔵人介は痩身《そうしん》をひるがえす。

ばさっと斜めに断たれた編笠が、中空に舞いあがった。

と同時に、白い閃光がほとばしる。

「ぐひぇっ」

浪人は瞬時に腹を裂かれ、臓物《ぞうもつ》を雪道にぶちまけた。

「ぬう」

二匹目は右八相《はっそう》に構えたまま、立ちすくんでいる。

相棒がどうやって葬られたのか、太刀筋を見定められなかったのだ。

本心は尻尾《しっぽ》を巻いて逃げたい。だが、野良犬にも意地はある。

「くそっ、死ね」

刀を大上段に振りかぶり、猛然と斬りかかってきた。

「何の」

蔵人介は躱《かわ》しもせず、つっと身を寄せる。

「ぬりゃっ」

鋭い気合とともに、相手の胸乳《むなぢ》を横薙ぎに薙いだ。

びゅっと、鮮血が散る。

刃は肋骨《あばら》の狭間《はざま》から肺腑《はいふ》に食いこみ、心臓を破っていた。

野良犬は声もなく倒れ、雪道に顔を埋める。

「莫迦《ばか》め」

蔵人介に呼吸の乱れはない。

右掌には、反りの深い長柄刀が握られている。

刃長二尺七寸（約八二センチ）。これを売りつけた刀剣商は、名匠藤源次助眞《ふじげんじすけざね》の手になる「大反り助眞」だと自慢していた。真偽のほどはわからぬが、あいかわらず、よく斬れる。

刀身を嘗《な》めるように眺め、蔵人介は薄い口端を吊った。

艶《つや》やかな丁字刃《ちょうじば》に沿って、ひと筋の血が滴《したた》りおちる。

ぶんと物打《ものうち》を振り、樋《ひ》に溜《た》まった血を切った。

見事な手捌《さば》きで助眞を鞘におさめ、阿漕《あこぎ》な商人に対峙《たいじ》する。

月代《さかやき》をきれいに剃っているものの、蔵人介の顔つきは判然としない。

闇が表情を隠していた。

「……ま、待ってくれ」

駿河屋は歯の根も合わせられず、がたがた震えている。

「……あ、あんたの知りてえことは喋る。な、なんでも喋る……ご、後生《ごしょう》だから、命だけは助けてくれ」

「ならば、教えてもらおう。料理茶屋で会ってきた連中の素姓を」

震える口から漏れた相手はふたり、御納屋《おなや》役人の中村多助《なかむらたすけ》と御膳所御台所頭《ごぜんしょおだいどころがしら》の高木藤左衛門《たかぎとうざえもん》であった。

成りあがり者の駿河屋利平は、千代田城中奥《なかおく》にある大厨房《ちゅうぼう》への御用達《ごようたし》免状を入手すべく、御台所頭などに多額の賄賂《わいろ》を贈りつづけた。晴れて御用達商人になってからはたいそうな羽振りで、一流の料理茶屋に宴席を設けては役人どもを接待漬けにしてきた。

と、ここまでなら、別段、咎《とが》めだてするまでもない。ありきたりのはなしだ。御用達なら誰であろうと、役人どもとつるんで暴利を貪《むさぼ》っている。

だが、駿河屋の遣《や》り口は惨《むご》すぎた。

刺客《しかく》を雇い、商売敵の遠州屋与右衛門《えんしゅうやよえもん》を闇討ちにしたのだ。

そればかりか、遠州屋の家屋敷に火を放った疑いもある。

「……じょ、冗談じゃねえ。おれは何も知らねえかんな」

「嘘を吐《つ》くな」

　魚河岸一帯は延焼を免れたものの、遠州屋は火元となった責任を問われて闕所《けっしょ》の沙汰《さた》を受け、廃業に追いこまれた。主人を殺され、一家離散の憂き目に遭わされたあげく、内儀《ないぎ》は首を縊《くく》ったのだ。

　たったひとり残された娘が「怨みを晴らすまでは死んでも死にきれない」と、奉行所へ訴え出た。にもかかわらず、役人どもは重い腰をあげようとせず、訴えは聞きとどけられなかった。

「のう利平、惨いはなしではないか。不浄役人どもはみな、おぬしに鼻薬を嗅がされておった。上から下まで毒水を啜《すす》りおってなあ。遠州屋殺しも火付け騒ぎも、うやむやにしたのさ」

「おれはやってねえ……で、でえち、どこに証拠《あかし》がある」

「証拠か、そんなものはいらぬ」

「へっ」

　駿河屋利平は、媚《こ》びるような目つきをした。

「旦那、見逃してくれ。頼む、このとおりだ。金なら、金がほしいんなら……い、いくらでも払う」

「利平よ、金なぞいらんのだ」

それなら何がほしいのかと言いかけ、肥えた男はことばを呑みこんだ。

怖気《おぞけ》立つような眼光に射抜かれ、声を発することもできない。

駿河屋は提灯を捨てて振りむくや、脱兎《だっと》のごとく駆けだした。

その途端、足を滑らせる。

「うえっ」

刹那《せつな》、白刃が閃いた。

きんと冷えた川端に、悪党の悲鳴が響く。

「ひゃあああ」

高々と飛ばされた死に首が、虚空《こくう》の彼方《かなた》へ消えていく。

地上に残った首無し胴からは、夥《おびただ》しい鮮血が噴《ふ》きあがっていた。

「申しおいたはず。わしの名を聞いた者で生きておる者はおらぬとな」

蔵人介は口をへの字に曲げ、刀身を静かに納める。

と、そこへ。

音もなく近寄ってくる人影があった。

肩幅のひろい蟹《かに》のようなからだつきの男だ。

「串部《くしべ》か」

「はっ」

「何用じゃ」

「ご首尾《しゅび》を」

「見届けにまいったか。なれば、加賀守《かがのかみ》さまにお伝えしろ。駿河屋と繋《つな》がっておったのは御膳所御台所頭の高木藤左衛門、ならびに御納屋役人の中村多助だ」

「いずれも小物ですな」

「黒幕がおるとでも申すか」

「加賀守さまは、さように読んでおられます」

「ふうん」

「利平の伝法な物言いも、すこしばかり気になりますな。盗人の一味かもしれませぬ。盗人が御用達に化け、とんでもない悪事を企んでおったとか」

「勝手に邪推いたせばよかろう。知ってのとおり、わしは面倒事が嫌いでな。あとの始末はそっちでつけてくれ」

「臍《へそ》を曲げられますな。恐れいりましたぞ、田宮《たみや》流抜刀《ばっとう》術の飛ばし首。拝察するだに空恐ろしい技でござる。江戸ひろしといえども、殿ほどの技倆《ぎりょう》をおもちのお旗《はた》本《もと》はおられますまい」

「おぬしに殿と呼ばれる筋合いはないな」

「拙者《せっしゃ》は四両二分《ぶ》で雇われた矢背家用人《ようにん》。殿を殿とお呼びしてなんの差しつかえがございましょうや」

「ふん、勝手にせい」

蔵人介は屍骸《むくろ》に手を合わせ、念仏を唱えはじめた。

「殿、何をなさっておられる」

「みてわからぬのか、弔いの念仏よ。罪をかさねた外道《げどう》であっても、死ねばすべては無に帰する。ほとけに善悪の区別はあるまい」

すべての罪業《ざいごう》が浄化されることを願いつつ、蔵人介は刃を振るう。

現世《うつしょ》との腐れ縁を一撃のもとに断ちきり、罪人を涅槃《ねはん》の彼方へ葬送してやるのだ。

人をひとり斬るごとに、おのれの罪は増えてゆく。

それでも、悪党は斬らねばならぬ。

いずれ、我が身も屍骸となる身。そのときがくれば、おのれの罪深い所業も浄化されるにちがいない。

「……南無《なむ》」

雪道に打ち捨てられた提灯の炎が、ようやく燃えつきようとしている。首のない屍骸に帷子《かたびら》を着せるがごとく、雪はしんしんと降りつづいた。

二

――京師《けいし》変を告ぐ、地震軽《かろ》きに非《あら》ず。

盛夏に京都一円を激震させた大地震は都人《みやこびと》を底知れぬ不安に陥れ、この年の師走十日、禁裏《きんり》にて改元の儀が催された。

「天保《てんぽう》か」

雪晴れの朝、桜田《さくらだ》御門から白銀の富士《ふじ》見櫓《みやぐら》を振りあおぎ、矢背蔵人介頼近《よりちか》は安《あん》堵《ど》の溜息を吐いた。

齢《よわい》四十二、厄年である。

猫背のゆえか着痩せしてみえるものの、腹にはしっかり肉がついている。

鼻筋のとおった見目の良い容貌だが、鬢《びん》も眉もやや薄く、表情に乏《とぼ》しい。

対面する者に冷徹な印象をあたえるのは、ほとんど瞬《まばた》きをしない切れ長の眸子《まなこ》と真一文字に結ばれた唇《くち》もとのせいだ。

「お奉行さま。お役目、ご苦労さまにございます」

と、顔見知りの門番が親しげに声を掛けてくる。

「さよう、こたびも無事の帰還じゃ」

皮肉めいた口調で応じ、厳《いか》めしい門を通りぬけた。

枡形《ますがた》門から城外へ踏みだせば、青々とした内濠《うちぼり》の水面が陽光を煌《きら》めかせている。

蔵人介は若年寄《わかどしより》配下の御膳《ごぜん》奉行として、将軍家毒味役の重責を担っていた。

重責のわりに役料は少なく、たかだか二百俵取りにすぎない。命を張るには安価すぎる報酬だ。

なにしろ、箸で取りそこねた魚の小骨が公方《くぼう》の咽喉に刺さっただけでも、切腹を申しわたされる。毒味役を仰せつかって十八年になるが、三日に一度まわってくる出仕《しゅっし》のおりは、いつも首を抱いて帰宅する覚悟をきめていた。

蔵人介は十一歳で矢背家の養子となり、十七歳で跡目《あとめ》相続を容認されたのち、二十四歳のときに晴れて出仕を許された。十七から二十四にいたる七年間は過酷な修行の日々だった。

養父の信頼《のぶより》から、毒味作法のいろはを手厳しく仕込まれたのだ。

――毒味役は毒を啖《くろ》うてこそのお役目。河豚《ふぐ》毒に毒草に毒茸《きのこ》、なんでもござれ。死なば本望《ほんもう》と心得よ。

教訓を垂れつづけた厳格な養父は、御用達商人に招かれた宴席で河豚毒にあたって逝った。と、同役の見届け人からは聞いている。

将軍家斉《いえなり》からは「鬼らしきあっぱれな死にざまよ」と持ちあげられ、誰もが故人の行跡《ぎょうせき》を偲《しの》んだ。爾来《じらい》、毒味役は従来の「鬼食い役」から「鬼役」と通称されるようになった。

なるほど、毒を啖って死なば本望とでも考えねば、毒味役などはつとまるまい。そうした骨太い覚悟のほどを、家斉は鬼に喩《たと》えたのだ。

本丸には鬼役が五人いる。

ほかの四人は長くとも三年で役目替えとなり、然《しか》るべき役職へ昇進していく。それでも、蔵人介は愚痴ひとつこぼさず、今日まで淡々と役目をこなしてきた。

十八年間で一度も昇進の沙汰がない理由については、幕閣《ばっかく》のなかでもごくひと握りの人物しか知らない。公方も知らず、老中たちも知らず、若年寄も長久保《ながくぼ》加賀守正忠《まさただ》以外は把握しておらず、家族にも知られていない。

蔵人介にとって、加賀守は慈父のごときものだ。

ひとたび命が下されれば、確実に的を葬らねばならない。

的を悪人と信じ、問答無用で斬って捨てねばならなかった。

下命を拒むことはできず、暗殺の理由を問うことも許されない。

なぜなら、それが先代信頼から引きついだ裏の役目にほかならぬからだ。

――加賀守さまは私利私欲の無いお方。幕閣にあっては唯一、ご信頼申しあげることのできる傑物《けつぶつ》じゃ。わしが加賀守さまの汚れ役を一手に引きうけておるのも、自堕落《じだらく》な幕臣どもの今を憂えんがため。徳川《とくがわ》家のいやさかを願ってのことぞ。

遺言めいた養父のことばは、いまでも耳にこびりついている。

飼い犬も同然の身の上に息苦しさを感じるときもあったが、加賀守が正義でありつづけるかぎり、けっして離叛《りはん》はできない。

――どどおん、どどおん。

城内では、巳《み》ノ刻（午前十時）を報《しら》せる太鼓の音が鳴りひびいている。

将軍家斉は朝の総触《そうぶ》れをおこなうべく、御台所《みだいどころ》ともども大奥《おおおく》御座之間へおもむいたところだろう。

今時分に退城する輩《やから》は、宿直《とのい》の者しかいない。

本丸の鬼役はふたりずつの交替でやりくりされ、泊番《とまり》の下城は朝餉《あさげ》の毒味を無事に済ませた巳ノ刻前後ときまっている。

「おや」

内濠を渡りきったところに、一挺《ちょう》の宿駕籠《しゅくかご》が待っていた。

蟹のようなからだつきの用人がひとり、仏頂面《ぶっちょうづら》でお辞儀をする。

「串部か」

名は六郎太《ろくろうた》、齢三十三で独り身、臑《すね》斬りを本旨《ほんし》とする柳剛《りゅうごう》流の達人でもある。

二年前に飯田町《いいだまち》の剣術道場で知りあい、用人の空きがあったので年四両二分の住みこみで「どうだ」と誘いかけたところ、ふたつ返事で傅《かしず》かれた。という触れこみになっているが、じつは蔵人介を補佐するべく、加賀守から寄こされた男だ。

詳しい経歴を質《ただ》したことはない。顔をみれば皮肉が口をついて出てくるものの、蔵人介は内心、串部の無骨《ぶこつ》な性分《しょうぶん》を気に入っていた。

「殿、お役目ご苦労さまにござりまする」

「ふむ、先刻の駿河屋利平の一件、あれはどうなった」

「気になられますか」

「別に、聞いてみただけのことさ」

「御台所頭の高木藤左衛門は、ほどなく切腹を申しつけられましょう」

「罪状は」

「遠州屋殺し。駿河屋をそそのかしたのは高木であったとか。拷問蔵《ごうもんぐら》で搾《しぼ》りあげたところ、本人が吐いたそうです」

「ほう」

宙吊りにしたか、海老反《えびぞ》りに縛りあげたか、いずれにしろ、加賀守の私邸で飼われた用人どもが過酷な拷問をおこなったにちがいない。

「御台所頭の切腹ですこしは中奥の風紀も引きしまればよいがと、加賀守さまは仰《おお》せになられました」

「一時しのぎにすぎぬわ」

「拙者もさようにおもいます。それにひとつ、困ったことが」

御納屋役人の中村多助が失踪《しっそう》してしまったと、串部は顔を曇らす。

中村は駿河屋利平と、とりわけ関わりが深かった。高木よりも内部事情に精通し、悪事の全貌を知るためには欠くことのできない証人と目されていたのだ。

「ふん、わしにはどうでもよいことさ」

「仰せのとおり、殿のお役目は終わりました」

「ところで串部、そいつはなんだ」

顎をしゃくったさきに、たいそう立派な駕籠が控えている。

「芝口《しばぐち》『初音屋《はつね》』の宿駕籠でござる」

「駕籠なぞ無用と申しおいたはず。御役明けの朝は、濠端《ほりばた》の散策を楽しむのが常であろうに」

「されど、火急《かきゆう》の御用むきかと。義弟どのがおみえにございます」

「なに、市之進《いちのしん》が……ん、あいわかった」

蔵人介は合点し、素早く駕籠に乗りこむ。

駕籠は濠端を経巡《へめぐ》り、麴町《こうじまち》を一丁目から十丁目まで風のように走り抜けた。

迷路のような番町《ばんちよう》を避けて四谷《よつや》御門を抜けたのちは、外濠に沿って牛込《うしごめ》をめざす。

雪道にもかかわらず、駕籠かきは「あんほう、あんほう」と鳴きを入れつづけた。

乗り心地のよい宿駕籠でも、これだけ飛ばせば揺れは激しい。気を抜けば舌を嚙むか、首の蝶番《ちようつがい》が外れてしまう。

「ぬ……ぬぐ」

蔵人介は下がり紐《ひも》をきつく握り、必死に吐き気を怺《こら》えた。

藻魚《もうお》のつみれ汁に煮物、酢の物、鮭《さけ》と葉付き大根の吸物に鱚《きす》の塩焼き。

朝餉に毒味した一の膳、二の膳がつぎつぎに浮かんでは消え、いっそう気持ち悪くなってくる。

それでも構わずに、駕籠は走りつづけた。

三

急勾配《こうばい》の浄瑠璃《じようるり》坂をのぼりきった先は御納戸町《おなんどまち》だ。

町名のとおり、城内の調度《ちようど》品を扱う納戸方《なんどかた》の屋敷が集まっている。

御用達を狙う商人の出入りが頻繁なので「賄賂町《まいない》」とも揶揄《やゆ》される一角に、矢背家の冠木《かぶき》門がみえてきた。

棟《むね》門ではなく御家人《ごけにん》並みの冠木門を設《しつら》えた理由は、望月左門《もちづきさもん》という納戸頭《なんどがしら》の拝領地を借りているからだ。

六年前、二百坪ほどの借地に百坪の平屋を建てさせてもらった。

望月家は職禄七百俵にくわえて、上州《じようしゆう》に三千石《ごく》の知行地《ちぎようち》を持つ大身《たいしん》旗本。家禄と職禄をあわせても五百俵にとどかぬ蔵人介には、遠慮がある。

「殿、着きましたぞ」

串部が宿駕籠の垂れをめくりあげた。

日頃の鍛錬のたまものか、この男は汗ひとつ掻《か》いていない。

蔵人介は駕籠を降り、ふらつく足取りで冠木門へむかった。

家人たちはいつもどおり総出で、城づとめから戻った当主を迎えいれる。

門脇に控えるのは、先代から仕える下男の吾助《ごすけ》と女中頭のおせき、それに女中奉公の町娘がふたりだ。

一方、玄関で出迎えるのは、養母の志乃《しの》と妻の幸恵《ゆきえ》、五歳になった一粒種の鐵太《てった》郎《ろう》、それから、幸恵の実弟である綾辻《あやつじ》市之進の四角い顔もみえる。

家人たちはみな、蔵人介に課された裏の役目を知らない。

夜更けに家を抜けだすことがあっても、仲間うちの付きあいか、夜釣りにでも出掛けるのだろうという程度にしか考えていない。徒目付《かちめつけ》を仰せつかっている市之進にしてもおなじことで、義兄の秘密を告げられていなかった。

「お殿さま、おもどりなされませ」

「ふむ」

蔵人介は型どおりの挨拶《あいさつ》を済ませると、狭い庭に面した客間へ義弟を招きいれた。

矢背家の庭は南西に面し、望月家の勝手場と背の高い生垣で仕切られている。以前、このあたりは雑木林の小高い丘だったらしく、勝手場のほうには水楢《みずなら》や山漆《やまうるし》などの雑木が植わっており、生垣を乗りこえて我が物顔に隆々《りゅうりゅう》と枝を伸ばしていた。紅葉が終わると葉はすべて落ち、庭じゅうが水気をふくんだ朽ち葉《くちば》に埋もれてしまう。朽ち葉は根雪の下に堆積《たいせき》し、養土となって夏になれば雑草を繁らす。

「義兄上《あにうえ》、お隣はずいぶん無精者《ぶしょうもの》ですな」

市之進は縁側に胡座《あぐら》をかき、骨のような枯れ枝をみつめた。

「気になるのか」

「はあ」

「さりとて、得手勝手《えてかって》に木を伐《き》るわけにもいくまい」

「それはそうでしょうが」

つまらなそうな市之進の横顔を眺め、蔵人介はゆったりと微笑《ほほえ》む。

「わしも初手は気になったがな、借景《しゃっけい》の一部と心得てからは気にもならぬ。むしろ、夏場は灼熱《しゃくねつ》の陽光を遮ってくれるので都合がよい。春は葉擦《はず》れと葉洩《も》れ日を楽しむことができるし、秋になれば実をつける木もある。冬はほれ、あのように穏やかな日差しを投げかけてくれる」

「なるほど、ものは考えようですな」

「それを教えてくれたのは養母上《ははうえ》でな、心の在りようひとつで物事は善にも悪にもみえるというのだ。枯れ枝も他人様の功徳《くどく》とおもえば、心安らかに愛《め》でることもできようと諭され、目の醒《さ》めるおもいをしたぞ」

「さすがは小母上《おばうえ》。仰せになることがひと味ちがう」

「毒味役の母じゃからな、味のちがいがわかるのよ。ふははは」

蔵人介が大口をあけて笑うのもめずらしい。

妻の幸恵が計ったように、茶を淹《い》れてきた。

「なにやら楽しそうなご様子」

「ふむ、そなたの弟に枯れ枝のはなしをしておったのさ」

「心の在りようひとつで物事は善にも悪にもみえる。お義母《かあ》さまのお教えですか」

「察しがよいな」

「あんな雑木、すべて伐っておしまいになればよいのに」

「なっ」

驚いた蔵人介の側に茶を置き、幸恵は小悪魔のような笑みを泛《うか》べた。

嫁いできた頃はふっくらした娘であったが、子を産んでからは顎の線が鋭くなった。変わらないのは膚《はだ》の白さと肌理《きめ》のこまかさで、それだけは蔵人介の秘かな自慢でもある。

矢背家に嫁いで六年余り、幸恵は淑《しと》やかな妻を装い、健気《けなげ》な嫁を演じてきた。ところが、鐵太郎の袴着《はかまぎ》の儀が済んだ途端、姑の志乃にたいしてもずけずけともものを言うようになった。

蔵人介が閨《ねや》の誘いをまだるそうに拒んだときなどは、火がついたように癇癪《かんしゃく》をおこす。何日も痼《しこ》りをのこし、些細《ささい》なことで口喧嘩に転じる機会も増えた。

だからといって、深刻に考えるまでもない。

凪《な》ぎわたった海原も、風が吹けば漣《さざなみ》立つ。

ひとりの女が嫁ぎ先で逞《たくま》しくなりゆく過程なのだと考え、蔵人介は悠長《ゆうちょう》に構えている。

幸恵が去ると、市之進は嬉しそうに声を潜めた。

「あれが姉上の地金《じがね》ですよ。幼い頃から勝ち気なところがありました。ご存じのとおり、姉上は女だてらに弓を引きます」

「小笠原《おがさわら》流の免許皆伝《かいでん》であったな」

「あれでも、まだ猫をかぶっておるのですよ」

市之進は幸恵と年子の二十九歳。家督《かとく》を継いで父親とおなじ徒目付に任じられているものの、いまだ独り身だった。こまやかな気配りのできる姉とちがって融通《ゆうずう》は利かぬが、無欲で素直な男だ。

剣の腕はそこそこ、柔術と捕縛術に長《た》けている。

「市之進、台所町のみなさまはいかがなされておる」

「おかげさまで、ぴんしゃんしておりますよ」

綾辻家の屋敷は、飯田町の俎《まないた》河岸《がし》にある。賄《まかない》方《かた》が多く住むので「台所町」とも呼ばれ、矢背家の拝領屋敷もその一角にあった。六年前までは隣人同士、それが縁で、蔵人介と幸恵は結ばれたのだ。

綾辻家は曲がった道も四角に歩く徒目付の家柄、忠義一筋の武辺者《ぶへんしゃ》で鳴らす幸恵の父は、めでたき祝言《しゅうげん》にあたって「白無垢《しろむく》は死出《しで》装束と心得よ。他家へ嫁いだ以上、親の死に目にも、もどってはならぬ」と、娘に告げた。

されど、隣人同士でいれば、嫌でも顔をつきあわせて暮らすことになる。妙なはなしだが、綾辻家と縁を結んだせいで、矢背家の面々は住みなれた土地を逐《お》われることとなった。

戸惑う蔵人介を尻目に、移転の陣頭指揮を執《と》ったのは志乃だった。

亡き夫の伝手《つて》をたどって望月左門に借地を申しいれ、暮らしを切りつめて蓄えた俸給《ほうきゅう》と幸恵の持参金で屋敷を建てた。一方では、市之進に拝領地の地守《じもり》を頼むなどしながら、てきぱきと物事をすすめていった。

爾来、蔵人介たちは市谷《いちがや》御納戸町の一角で、つましい暮らしを強《し》いられている。少しくらいは負い目を感じてくれてもよさそうなものだが、綾辻家の連中に追いだしたという気は毛頭《もうとう》ない。家禄で下まわる矢背家へ、娘を嫁がせてやったという程度にしか考えていなかった。

そうした経緯もあり、姑の志乃と嫁の幸恵とのあいだには微妙なわだかまりがある。蔵人介はふたりの板挟みになるのを嫌い、家のなかでもひとりでいることがめっきり増えた。

市之進が首をかしげ、じっとのぞきこんでくる。

「義兄上、いかがなされた」

「別に」

「義兄上も気苦労が絶えませせぬな」

「余計なお世話だ。で、今日は何用でまいった」

「は、じつは昨日の夜更け、御天守台《ごてんしゅだい》から珍妙なものが落ちてまいりまして」

「珍妙なもの」

「ほとけです」

「なにっ」

天守番は仰天《ぎょうてん》し、急ぎ役方《やくかた》へ届けたところ、即座に箝口令《かんこうれい》が布《し》かれた。それゆえ、非番の方々は無論のこと、泊番の方々の知るところともなっていない。

「ただ、こともあろうに、碩翁《せきおう》さまのお耳に入ってしまいに」

「碩翁さまの」

「はい」

御小納戸《おこなんど》頭取、中野清茂《なかのきよしげ》のことだ。

城内では隠号《いんごう》の「碩翁」で呼ばれていた。

隠居したにもかかわらず、職禄千五百石の重職に留まりつづけ、家斉の厚い信任を得て中奥を取りしきっている。

若年寄や老中でさえ、ぞんざいな口を利くことはできない。

というのも、碩翁はお美代《みよ》の方《かた》の養父だった。

お美代の方は、美貌と才気で家斉の寵愛《ちょうあい》を一身に受けた側室《そくしつ》、三人の女子を産んだ「お腹《はら》さま」でもある。実父の日啓《にっけい》は中山《なかやま》法華《ほけ》経《きょう》寺《じ》智泉院《ちせんいん》の住職だが、娘の威光で智泉院は将軍家御祈禱《きとう》取扱所に格上げされた。

ともあれ、碩翁という老人は家斉の側近中の側近として知られ、各藩の江戸留守居役《いやく》や御用達商人がもっとも気を遣わねばならない相手なのだ。

「それで、われら目付衆に下手人捜しをやれとのお指図がござりました。碩翁さまの仰せになるところでは、御天守台の裏手には奥金蔵《おくかねぐら》がある。騒ぎに乗じて御用金を狙った企てやもしれぬゆえ、草の根を分けてでも下手人を捜しだせとご命じに」

「奥金蔵か。さすがに目のつけどころがちがう。それで、ほとけの素姓はわかったのか」

「顔もからだも膾《なます》斬りにされており、判別に手間取りました。されど、何とか。御台所方の中村多助ではないかと」

「ん」

「おや、中村をご存じで」

「御台所方の者なら、たいていは知っておる。それにしても、中村は何でまた天守台なんぞに」

「はてさて」

「しかも、わしとその一件がどう関わっておるのだ」

「ご実父の叶孫兵衛《かのうまごべえ》さまはたしか、天守番にあらせられましたな」

「そうなのでござります。手はじめに天守番の方々から、厳しく詮議いたさねばなりませぬ。そのことを事前にお伝え申しあげておこうかと」

「気を遣ったわけか」

「ええ、まあ」

宿駕籠で駆けつけてくるほどの急用でもなかった。

ただ、駿河屋利平と関わりのある中村多助が斬殺され、実父までが絡んでくるとなれば、捨ておくわけにもゆくまい。

蔵人介は、天守台裏にある奥金蔵のことを考えていた。

四

千代田城へ出仕する役人のあいだには「富士天《ふじてん》」なる隠語がある。

富士は富士見宝蔵番頭《ほうぞうばんがしら》、天は天守番頭のことで、いずれも閑職であるところから左遷《させん》を意味した。

ことに、天守番頭の役目は虚《むな》しい。

なにしろ、四代将軍家綱《いえつな》の治世に焼失して以来、千代田城に天守はなかった。守るべきものがないにもかかわらず、役目だけは存在するのだ。

留守居《るすい》の支配を受ける番頭は四人、職禄四百俵高の歴《れっき》とした旗本役である。一方、番頭の下に配された番士《ばんし》十数名は、いずれも御目見得《おめみえ》以下の御家人にほかならず、閑職なので年寄りが多い。

実父の叶孫兵衛も、そうした年寄りのひとりだった。

翌日、蔵人介は非番にもかかわらず、御城へ足を向けた。

穏やかな日差しのなかを歩み、牛込《うしごめ》から竹橋《たけばし》へ足を延ばす。

秋であれば錦繍《きんしゅう》に彩られた紅葉山《もみじやま》を遠望できるところだが、今は白一色の丘があるだけだ。

濠端に沿って雉子《きじ》橋御門のあたりを散策していると、御春屋《おつきや》のほうから貧相な老侍がやってきた。

「父上」

擦れちがいざま、呼びかけても目を合わせようとはせず、老侍は背中をむけて去ってゆく。

蔵人介は躊躇《ためら》いつつも、語気を強めた。

「父上、お待ちくだされ」

振りむいた男の顔はしょぼくれ、充血した眸子には脂《やに》が溜まっている。

ようやく息子のすがたをみとめた途端、叶孫兵衛の顔に赤味が射した。

「これはこれは、蔵人介どのでござったか。いっこうに気づかず、御無礼つかまつった」

「あらたまった物言いをなされますな、水臭い」

「いいえ。蔵人介どのはお旗本のご当主、拙者は御家人の端くれにすぎませぬ。肩をならべて歩むわけにはまいらぬ。ひとたび他家の養子となったからには他人も同然。世間の目もござりますゆえ、気軽に父上なぞとお呼びなされませぬように」

「あいかわらず、石頭ですな」

「わるかったな、石頭で」

孫兵衛は地金《じがね》を出した。

「はは、その調子ですよ。父上、たまには一杯飲《や》りませんか」

「昼の日中からか」

「お嫌いではござりますまい。無論、お誘い申しあげたわたくしめが飲み代をもたせていただきます。何の、ご心配にはおよびません。幸恵に小遣いを貰《もら》ってまいりました」

「幸恵どのか。祝言以来じゃが、ご健勝《けんしょう》か」

「ええ、鐵太郎も五つになりましたぞ」

「ほ、さようか。早いものじゃのう」

孫兵衛はしきりに頷《うなず》きながら、そそくさと従《つ》いてきた。

牛込御門を抜け、神楽《かぐら》坂を上る。

武家屋敷を抜けた裏手に甃《いしだたみ》の小径《こみち》がつづき、しばらくすすむと、瀟洒《しょうしゃ》なしもた屋があらわれた。

看板も掲げておらず、小料理屋かどうかの判別もつかない。

「ここで酒を呑ませるのか。なにやら妾宅《しょうたく》のようじゃのう」

「馴染《なじ》みにしておる隠れ家です。じつは幸恵も知りません」

「さては、美人女将《おかみ》でもおるのか」

言ったそばから板戸が開き、四つ目垣のむこうに女があらわれた。

薹《とう》は立っているものの、楚々《そそ》とした仕種《しぐさ》は品の良さを感じさせる。

「美人女将ですよ。名はおようと申しましてな、若い時分は柳橋《やなぎばし》で芸者をしておったとか。ここの酒肴《しゅこう》は天下一品ですよ」

「ほほう」

孫兵衛は目を細め、生唾を呑む。

「あら、矢背のお殿さまじゃござんせんか」

おようはこちらに気づき、にっこり微笑んだ。

「たった今、お見世《みせ》を開けようとしていたところです」

「そいつはちょうどよかった。以心伝心《いしんでんしん》というやつだな」

「お殿さま、そちらのお方は」

「気になるかい」

「焦《じ》らさずに教えてくださいな」

「父だ」

「まあ。お父さまは、もうだいぶ以前に鬼籍《きせき》に入られたと」

「それは養父さ」

「あ、なるほど」

おようはすぐに合点し、ふたりを見世のなかへ招きいれた。

客をあしらう空間は狭く、鰻《うなぎ》の寝床のようでもある。

ふたりは細長い床几《しょうぎ》にならんで座り、おようと対面する恰好になった。

女将と対座形式の小料理屋はめずらしいので、馴染みの客も多いと聞く。が、さいわいにも、他に客の来る気配はない。

およう は熱燗《あつかん》をつけ、肴《さかな》といっしょに出してくれた。

「父上、ごぶさたしております。まずは一献《いっこん》」

「ん、なれば」

孫兵衛は、緊張の解けぬ顔で盃を呷《あお》った。

「いかがです」

「美味《うま》いのう。まこと、かように美味い酒は呑んだことがない」

酒は吉野《よしの》杉の香りが匂いたつ下《くだ》りもの、不味《まず》かろうはずはない。

孫兵衛はちぎり蒟蒻《こんにゃく》の煮しめを頰張り、目を白黒させた。

「お、これも美味い。かように美味い蒟蒻は食うたこともないわ」

「あらまあ、大袈裟《おおげさ》なお方」

おようは嬉しげに手を振り、二品目のあんかけ豆腐を出した。

これをつるっと流しこみ、孫兵衛はすいすい盃を干してゆく。

しばらくすると、煙とともに香ばしい匂いが漂ってきた。

平皿に盛って出されたのは、鴨肉《かもにく》の網焼きだ。

「おようさん、これは」

「真鴨《まがも》の雄《おす》、青首《あおくび》ですよ。ご贔屓《ひいき》のお客さまにしか出しゃしません。そこの粗塩《あらじお》を振ってね、千住葱《せんじゅねぎ》とからめてお食べくださいな」

もはや、孫兵衛はおようの虜《とりこ》だ。

上等な鴨肉に舌鼓を打ち、ひたすら富士見酒を呑みつづけた。

「さすがは鬼役蔵人介、よい見世を知っておるの」

「父上をお連れ申しあげたいと、以前から考えておりましてな」

「嘘でも嬉しいぞ。なれど、誘うた理由は別にあるのじゃろう」

赤ら顔の孫兵衛が、真剣な眼差《まなざ》しをむけてくる。

おようは気を利かせ、席を外した。

こほんと空咳《からせき》をひとつ放ち、蔵人介は市之進から聞いた内容を語った。

孫兵衛は手酌で飲《や》りながら、じっと耳をかたむけつづけた。

「おぬしに聞かされるまでもない。お目付衆の動きなら察しておる。お頭も番士たちも戦々兢々《せんせんきょうきょう》としておるわ」

「父上は屍骸をご覧になったのでござりますか」

「みた、しかとな。哀れなほとけじゃった……あの者、名はなんと申したか」

「中村多助」

「おう、そうじゃ。御台所方の若い衆であったな。わしは数日前もあやつをみた」

「え、まことでございますか」

「月の煌々《こうこう》とかがやく晩でのう。わしは夜まわりのついでに天守台へのぼり、月を愛《め》でておったのよ」

するとと物陰から、なにやら囁《ささや》き声が聞こえてくる。

はっと息を呑んだところへ、中村多助が深刻な顔であらわれた。

「若造の話し相手は御霊屋《みたまや》（紅葉山の歴代将軍廟《びょう》）の遣い坊主じゃ。名はたしか月空《げっくう》というたか。女子のごとき可憐《かれん》な面立《おもだ》ちの坊主での。よからぬ噂を耳にしていたので知っておった」

「よからぬ噂とは」

「寺小姓《てらこしょう》というやつじゃ。御霊屋を守るお偉い坊主衆の伽《とぎ》をやらされておるとかいう噂でのう」

「それがまた、何で御台所方と」

「さあな。陰間《かげま》同士で深い仲になり、天守台を逢瀬《おうせ》の場にしておったのかもしれぬ」

孫兵衛は憶測を漏らし、入れ歯を剝《む》いて笑った。

「はなしの内容はよう聞きとれなんだが、遣い坊主のほうが『ぜったいにばれないから、もういちどだけ』とか申しながら、しきりに拝んでおった様子じゃった」

「『ぜったいにばれないから、もういちどだけ』でござりますか」

「おおかた、逢瀬《おうせ》の約束であろうよ。危うければ危ういほど、色恋は燃えるというからの。ぬひょひょ」

色恋などという使い慣れぬことばを吐いたせいか、孫兵衛は照れかくしに胡麻塩頭を撫《な》でまわす。

「父上、それからどうなりました」

「くしゃみをひとつしてやった。ふふ、やつら、腰を抜かすほど驚きおってな。遣い坊主のほうは独楽鼠《こまねずみ》のように逃げていったが、御台所方の若造はわしの袖に縋《すが》りついてきおって、見逃してほしいと泣いて頼んだのさ。しかも、金子《きんす》までくれようとする。一両じゃ。いらぬいらぬと断ってはみたが、どうしても受けとれとうるそうてのう。ま、これも何かの縁とおもい、貰《もろ》うておいたわ」

「ちゃっかりしておられる。されど、そのはなしが目付筋に知れたら、月空の立場は危うくなりましょうな」

「わしが喋るとおもうか。見くびるでないぞ」

かなり酒がまわってきたのか、孫兵衛の態度は横柄《おうへい》なものに変わった。

頃合いを見計り、おようが仕上げの汁を出してくれた。

「父上、兎汁《うさぎじる》ですよ」

「ほう」

「寒い日は、これにかぎります」

孫兵衛は両手で椀を包み、ずずっと汁を啜った。

「ふうっ、まことじゃ。温まるのう」

汁をすっかりたいらげ、孫兵衛は床几に俯《うつぶ》した。

すぐに寝息をたてはじめる。

「おやおや、子供みたいにお眠りになって」

おようは動じる風でもなく、正体をなくした老人の肩に千筋《せんすじ》の褞袍《どてら》を掛けてくれた。

蔵人介は手酌で飲りながら、先妻も後妻も疾《と》うに亡くしてしまった孫兵衛の境遇を訥々《とつとつ》と語ってきかせた。

もう十数年来、番町の御家人長屋で独り暮らしをしていると聞き、おようは心の底から同情してみせる。

「寒くなれば、独り暮らしはやりきれません。わたしも亭主に先立たれたので、お気持ちはよおくわかりますよ」

「毎年、盆暮れには逢いにゆくのだが、頑迷な父は世間体を慮《おもんぱか》って快く迎えたがらぬ。ひとりのほうが気楽でよい、などと申されてな」

「強がっておいでなのでしょう。年をかさねれば、寂しさも募りましょうに」

およう の指摘するとおりだ。

生まれてすぐに実母は亡くなり、蔵人介は男手ひとつで育てられた。うだつのあがらぬ御家人の孫兵衛が抱いた夢は、一人息子を旗本の養子に入れることだった。

「夢が叶《かな》ったのですね」

「はて、どうかな」

旗本は旗本でも養子の来手《きて》もない毒味役。矢背家との養子縁組みをすすめるか否か、孫兵衛は何日も寝ずに悩んだ。

が、最後は矢背信頼の説得に折れたという。

「『武士《もののふ》が気骨《きこつ》を失った泰平の世にあって、命を懸けねばならぬお役目なぞ他にあろうはずもなかろう』と、喝破《かっぱ》されてなあ」

「さようでしたか」

およろは寂しげに俯《うつむ》き、鼾《いびき》を掻く孫兵衛をみた。

蔵人介は、空の銚子《ちょうし》をことりと置いた。

「さて、そろそろお暇《いとま》しよう」

「あら、お目覚めになるまで、ごゆっくりなされませ」

「いいや、そうもしておられぬ。それに何やら、父を負《お》ぶうて帰りたくなった」

気恥ずかしげに漏らすと、およろはさも嬉しそうに頷いた。

「またのお越しを」

「父はこの店が気に入ったらしい。ひとりで来ることがあるやもしれぬ」

「嬉しゅうござります。お待ちしておりますと、お父さまにお伝えください」

「かたじけない」

戸外へ出れば、六花《りっか》が舞っている。

雪暮れの空は昏《くら》く、坂上から見下ろす町屋はどんよりと沈んでみえた。

蔵人介は酩酊《めいてい》した父を背負い、狭隘《きょうあい》な小路の錯綜《さくそう》する番町へむかった。

雪は網目のように降りしきり、父子は白装束を纏《まと》っているやにみえる。

父のからだがやけに軽く感じられ、どうしようもなく悲しかった。

気づいてみれば、御家人長屋の朽《く》ちかけた木戸門をくぐり抜けている。すっかり雪化粧のほどこされた長屋の奥に、賤ケ屋《しずがや》のごとき住まいはあった。

門も庭もない組屋敷の一隅だが、孫兵衛は几帳面《きちようめん》な性分なので、部屋のなかはよく片づけられている。仏壇などは黄金《こがね》色に磨きこまれ、それがかえって物悲しい印象をあたえた。

寒々とした部屋に父を残して去るのが忍びなく、褥《しとね》に寝かしつけてからも、しばらくは様子を眺めつづけた。

やがて、半刻《はんとき》（一時間）が過ぎた。

安らかな寝息が聞こえてきたので、蔵人介は立ちあがった。

ぺこりと頭をさげて土間へ降り、音も起《た》てずに後ろ手で腰高障子《こしだかしようじ》を閉める。

あいかわらず、雪は降っていた。

夜具にくるまった孫兵衛が声も出さずに泣いていることなど、蔵人介は気づくべくもなかった。

五

師走十三日。

千代田城では畳奉行の号令一下、一斉に煤払《すす》いがおこなわれる。

大勢の職人による畳替えや障子の張替えもおこなわれ、城内はお祭り騒ぎとなった。白鉢巻きに襷《たすき》掛けで廊下を駆けまわろうが、大声で作業の進捗《しんちょく》を怒鳴りあげようが、下級役人たちは叱責《しっせき》されることもない。

蔵人介は中奥の喧騒《けんそう》を耳にしつつ、今日も裃《かみしも》姿で淡々と役目をこなしていた。

御膳所の東端に位置する笹之間《ささのま》に座り、昼餉《ひるげ》の毒味を無事に終えたところだ。

煤払いの日にかぎらず、中奥の御膳所周辺は忙《せわ》しない。

台所頭による指揮のもと、大厨房でつくられた料理の数々はまず、まっさきに笹之間へ運ばれてくる。そして、裃姿の毒味役が毒味を済ませたのち、小納戸衆の手で「お次《つぎ》」と呼ばれる隣部屋へ運ばれる。「お次」には炉《ろ》が設えられ、汁物や吸物は替え鍋で温めなおす。

さらに、一部の料理は椀や皿に盛りなおし、梨子地金蒔絵《なしじきんまきえ》の懸盤《かけばん》と称される膳に並べかえる。一の膳と二の膳、銀舎利《ぎんしゃり》の詰まったお櫃《ひつ》が用意され、ようやく、公方《くぼう》の待つ御小座敷《おこざしき》へ運ばれていく。

中奥東端の御膳所から西端の御小座敷までは遠い。

小納戸方の配膳係は、御座之間《ござのま》と御休息之間《ごきゅうそくのま》を右手にみながら通りすぎ、長い廊下を足早に渡ってゆかねばならない。汁を数滴こぼすくらいならまだよいが、懸盤を取り落としでもしたら首が飛ぶ。

これまでも滑って転んだ拍子に汁まみれとなり、味噌臭い首を抱いて帰宅した若輩者は何人かいた。

懸盤を給仕役の小姓《こしょう》に委《ゆだ》ねるまでは、尋常ならざる緊張を強《し》いられ、運び手のほとんどは胃に穴をあけているとも聞く。

「鬼役が胃に穴をあけたら仕舞いですな、ぐふふ」

相番《あいばん》の西島甚三郎《にしじまじんさぶろう》が、肥えた腹を揺すった。

毒味役になって二年、仲間内では「地獄耳の西甚」と揶揄《やゆ》されている。

上役にへつらうのが上手《うま》く、さまざまな噂話を仕入れては自慢げに吹聴《ふいちょう》する。

寡黙《かもく》な鬼役のなかにあっては異色ともいうべき男で、本人の申すところでは「鉄の胃袋を持つ」という理由から毒味役に抜擢《ばってき》されたらしい。旺盛な野心を隠そうともせず、膳奉行など腰掛けくらいにしか考えていない。

「矢背どの。毒味というお役目は胃が丈夫でなければつとまらぬ。ところが、鬼役には胃痛持ちが多い。気苦労が絶えぬせいでしょうなあ。印籠《いんろう》に越中富山《えっちゅうとやま》の反魂丹《はんごんたん》やら草津《くさつ》名物の和中散《わちゅうさん》などを忍ばせておる。ご存じかな」

「いっこうに」

「他人の腰にぶらさがる印籠の中身なぞ、ご興味ないとみえる。聞くところによれば、矢背どのは胃袋を鉄壁に保つ秘薬をお持ちとか。まことなれば、是非とも拝見したいところだが」

「はて、売薬は携行しておりませぬが」

「無論、売薬にあらず。矢背家伝来の秘薬にござるよ」

あまりに執拗《しつよう》なので、蔵人介は詮方《せんかた》なく印籠の蓋《ふた》を開けた。

取りだしてみせたのは、小石大の黒いかたまりだ。

「それは」

「熊胆《ゆうたん》です」

爪の先ほど削って嘗めれば、疼痛《とうつう》は嘘のようにおさまる。

鬼役一筋十八年という驚嘆すべき実績を築くことができたのも、懐中に忍ばせた熊胆のおかげかもしれぬ。

「ほほう」

西島が物欲しげな顔をしてみせたので、蔵人介はさっさと印籠の蓋を閉めた。

この時刻、笹之間には他に誰もおらず、ふたりは対峙する恰好で座っている。

相番はどちらか一方が毒味役となり、別のひとりは監視役にまわらねばならない。

失態があっても連座の責めは問われず、あくまでも落ち度は本人のみに帰する。

監視役の役目は毒味の一部始終を監視するだけでなく、落ち度のあった毒味役を介錯《かいしゃく》すべしと定められていた。

といっても、鬼役が相番を介錯した例など聞いたこともない。

よほどの不運がかさならないかぎり、失態は生じないものだ。

十八年の実績を積んだ蔵人介は、かならずといってよいほど毒味役を押しつけられる。

むしろ、そのほうが気楽でよい。

頼まれずとも、みずからすすんで毒味を引きうける。

当然のごとく、他の鬼役たちは蔵人介と相番になるのをのぞんだ。

「矢背どの。本日は吉日にござる」

「さようですな」

「御台所方の申すには、夕餉に饗《きょう》される一の膳の汁は鯉こく、二の膳の皿は鯛《たい》の尾頭《おかしら》付とか」

「存じております」

将軍の膳は味付けを薄くするのが慣わしだが、酒好きな家斉は濃い味付けを好む。赤身魚の漬けなどを所望《しょもう》したりもするのだが、やはり、旬の魚は素材の味を楽しみたいようだった。今の時期は何といっても甘鯛《あまだい》である。もちろん、刺身もよいが、家斉は岩塩に一尾丸ごと包んだ蒸し焼きを何よりも好んだ。

「骨取りが厄介《やっかい》でござろうな」

「西島どのに替わっていただきましょうか」

「あ、いや、ご遠慮申しあげる。尾頭付は矢背どのにおまかせするにかぎる」

三白眼《さんぱくがん》で睨《にら》みつけると、西島はきまりわるそうに黙った。

ようやく静かになったとおもいきや、でっぷりと肥えた男はまた喋りだす。

蠅叩きで叩き潰《つぶ》してやりたい衝動に駆られつつも、蔵人介は耳をかたむけた。

「矢背どのはお聞きになられたか。御天守台から御台所方の中村某が降ってきたという珍妙なはなし」

「噂でちらとは聞きましたが」

「御目付衆では埒《らち》があかず、碩翁さまご自身がご配下の闇同心どもを動かされてな。どうやら、下手人の目星がついたらしい」

「ほう」

気のない返事をしながらも、蔵人介は興味をそそられた。

「内密のことゆえ、口外なされぬように」

「承知しました」

「下手人と目されておるのは、御天守番の御家人でござる」

「御天守番の御家人」

「さよう。名は叶孫兵衛」

と聞き、蔵人介は片眉をぴくりと吊りあげた。

内心では、顎が外れるほど驚いている。

西島はどうやら、蔵人介と孫兵衛の関わりまでは知らぬらしい。

ここは冷静にならねばと、蔵人介はみずからに言い聞かせた。

「西島どの、腑《ふ》に落ちませぬな。中村の屍骸には随所に惨い傷痕《きずあと》があったとか。御天守番が御台所方をそのように殺《あや》める理由はない」

「拙者も同感だが、みた者がおる」

「殺しを目にしたと」

「さよう」

「いったい、誰が」

「ぬふ、いかがなされた。矢背どのにしてはめずらしく、顔色を変えられたようだが」

焦らすな阿呆《あほう》と叫びたいところを、ぐっと怺《こら》えた。

「お教えいたそう。目撃した者は御霊屋の遣い坊主、名は月空と申す」

蔵人介は、胸の裡で唸《うな》った。

月空はみずからの名が表沙汰になるのを恐れ、孫兵衛に濡《ぬ》れ衣《ぎぬ》を着せるべく、小《こ》賢《ざか》しくも先手を打ったのだ。

「たかが遣い坊主と侮るなかれ。月空は御霊屋の別当《べっとう》であらせられる覚雲《かくうん》さまに可愛がられておってな。大きい声では言えぬが、寺小姓との噂もござる。別当の後ろ盾があるゆえ、碩翁さまも月空の訴えを無視できぬご様子」

碩翁配下の連中は得体《えたい》が知れず、それがために「闇同心」などと呼ばれている。実体は金で雇われた食客《しょっかく》どもにすぎず、小柳直次郎《こやなぎなおじろう》なる伯耆《ほうき》流居合の遣い手に支配されていた。

蔵人介は、名状《めいじょう》しがたい焦燥に駆られた。

懸念《けねん》しているのは、孫兵衛が小柳たちに捕縛されることではない。嫌疑を掛けられたという事実が、孫兵衛に知られてしまうことだ。

頑固一徹な父の性分《しょうぶん》から推《お》すと、身の潔白を晴らさんがために「腹を切る」と言いだしかねなかった。そうさせぬ方法はひとつ。蔵人介自身の手で真の下手人をみつけだすこと以外にはない。

大厨房《ちゅうぼう》から、包丁で俎板《まないた》を叩く小気味《こきみ》好い音が聞こえてきた。

食材が山と積まれた厨房でも、早朝から煤払いはおこなわれている。

「骨取りのまえに、鯛の煤を払わねばなるまいかな、ぬほほ」

西島が老爺《ろうや》のように口をすぼめて笑った。

気色《きしょく》の悪い男だ。

いっそ、斬って捨てるか。

おのれの心底に潜む残忍な一面を、蔵人介は持てあました。

六

二日経った。

矢背家の食事は、武家にしては一風変わっている。

まず、家長の蔵人介を上座に置いて、向かって右手に鐵太郎、幸恵の順に座り、ふたりの対面となる左手に志乃が座る。さらに、家族以外の使用人も、串部、吾助、そして、おせきや女中にいたるまで、全員が同じ居間で膳を囲むのだ。

どうやら、志乃の生まれた洛北八瀬《らくほくやせ》の山里での習慣を継いでいるらしい。幸恵は徒目付の娘なので、嫁いできた当初こそ理解できずに戸惑ったものの、近頃はまったく気にしなくなった。

賄《まかな》いは幸恵とおせきがやり、献立のほとんどは志乃が考える。

今宵の主菜は寒鮒《かんぶな》の甘露煮だった。

「串部が釣ってまいったのです。みなで褒《ほ》めてさしあげましょう」

志乃が陽気に音頭を取る。

「いやあ、照れますなあ」

串部は頬を染め、月代《さかやき》を指で掻いた。

なるほど、寒鮒はなかば泥のなかで冬眠しているため、釣りあげるのが難しい。それだけに貴重な一品と言えようが、志乃が褒めたい理由はそのことではなかった。

「何と、溜池《ためいけ》で釣りあげたのですよ」

禁漁区ではないかと察し、蔵人介は眉間《みけん》に皺《しわ》を寄せる。

「禁を破ってでも、串部は釣りあげてまいった。その心意気や、あっぱれ」

と、志乃はそこを褒めたいのだ。

膳にはほかに、青柳《あおやぎ》と葱《ねぎ》の酢味噌和《あ》え、鰶《このしろ》の粟漬け、大根と油揚げの煮付けなどが並び、白いご飯に寒蜆《かんしじみ》の汁も見受けられる。

矢背家にしては、なかなかに豪華な品揃えであったが、やはり、蔵人介は膳を眺めながら溜息を吐《つ》かざるを得ない。

「ふふ。さすが蔵人介どの、合点されたようですね」

志乃のことばに、串部が反応する。

「大奥さま、献立に何か細工でも。拙者にはさっぱり、わかりませぬが」

「まあ、そうであろうな。ぼんくらなおぬしに、献立のからくりがわかるはずもなかろう」

「お教え願えますかな」

「教えるまでもないわ。鯮も青柳も葱も、すべて毒味の膳に載らぬ品じゃ」

「上様が口になされぬお品でござりますか」

「表向きはそうなっておる、葱くらいはお食べになるであろうがな」

「なるほど、殿が御城で口にできぬお品を献立に並べるというお心遣いでござりますな」

「たわけ、ただの遊びじゃ。ほほほ、さあ、食べましょう」

志乃の合図で、みなはようやく箸を持つ。

寒蜆は生温《なまぬる》くなったものの、それでも赤味噌との塩梅《あんばい》がちょうどよい。

寒鮒の甘露煮も、ほどよい甘さといい、身の柔らかさといい、絶妙な味わいであった。

「甘露煮は奥さまが……」

と言いかけ、おせきははっと口を噤《つぐ》む。

ぎろりと、志乃に睨まれたからだ。

志乃はすぐさま、すまし顔に戻り、京訛《なま》りで「ほんによいお味どすな」と言いながら、にっこり笑ってみせる。

笑った顔が恐かったと、あとで串部は囁くにちがいない。

鐵太郎だけが何も考えず、ぱくぱく白飯を食い、膳の品を平らげていく。

そんなふうにして、矢背家の夕餉はつつがなく終わり、やがて、夜も更けていったが、蔵人介は幸恵の待つ寝所へ向かわず、ひとり奥座敷に籠《こ》もった。


――とんとん、とんとん。

冷え冷えとした庭に、面打ちの鑿音《のみおと》が響いている。

蔵人介は雑念を振り払うべく、狂言《きょうげん》面を打っていた。

酒と釣りをのぞけば面打ちが唯一の嗜《たしな》み、心の慰めともいえよう。

能《のう》面より狂言面を好み、人より鬼、神仏より鬼畜、鳥獣《ちょうじゅう》狐狸《こり》のたぐいを好む。

おのれの心象を映しだすかのように、蔵人介は木曾《きそ》檜《ひのき》の表面を削り、彫りつづける。さらに、膠《にかわ》で溶かした胡粉《ごふん》を表に、裏には漆を塗って仕上げるのだ。

面打ちの作業は、蔵人介なりの供養でもあった。

殺めた者たちを追悼しながら、経を念誦《ねんじゅ》するように鑿を振るう。

そうやっておのれの罪業を浄化し、心の静謐《せいひつ》をとりもどす。

打っているのは、武悪面《ぶあくめん》だ。

眦《まなじり》の垂れたおおきな眸子《まなこ》に食いしばった口、魁偉《かいい》にして滑稽味のある面構え。閻魔《えんま》顔を象《かたど》った狂言面にほかならない。

庭に人の気配を察し、蔵人介は鑿を握る手を止めた。

「串部か」

肩の力をすっと抜く。

串部六郎太に孫兵衛の事情をはなし、探索を依頼していたのだ。

頼られて意気に感じたのか、串部は方々に聞きこみをおこない、いくつかの得難いはなしを仕入れてきた。志乃と幸恵には内緒にしているので、寝静まるまで待たねばならなかった。

蔵人介は串部を部屋に招きいれ、燭台《しょくだい》の脇に座らせる。

「どうであった」

「は、月空は雇われ坊主にござります。まだ日は浅いものの、別当に気に入られ、東照大権現宮《とうしょうだいごんげんぐう》の本殿へも出入りを許されておるとか」

千代田城の坊主といえば、茶道を仕切る数寄屋《すきや》坊主や大名の案内役である同朋《どうぼう》衆《しゅう》坊主、あるいは、老中《ろうじゅう》や若年寄の世話をする部屋坊主など、やたらに役得が多く、金と権力にしがみつく寄生虫のごとき輩を連想しがちだが、これらの坊主たちは僧籍にない。若年寄の支配下にあって頭をまるめ、城内の雑用をおこなっている連中にすぎない。

一方、歴代将軍の霊廟《れいびょう》を守る御霊屋坊主たちは歴とした僧侶で、寺社奉行の支配下に属する。職種としては紅葉山宮番、同別当、同火之番《ひのばん》、同御霊屋付などがあり、役得のない清廉《せいれん》なものとして、城づとめの坊主たちから崇敬《すうけい》されていた。

「どっこい、坊主も人でござる。酒も獣肉《ももんじ》も啖《くら》いたい。寒い夜は人肌が恋しくなる。というわけで、大権現さまの御魂が浮遊する伽藍《がらん》に沈香《じんこう》を焚《た》き、淫蕩《いんとう》に耽《ふけ》る不埒《ふらち》な坊主もあるとか」

僧侶の女犯《にょぼん》は重罪なので、褥《しとね》の相手は見目《みめ》麗《うるわ》しい少年僧、青年僧になる。どうしても消しさることのできない人の業《ごう》、欲望の狭間にうまく滑りこんだのが月空なのだと、串部は言う。

「月空なるもの、なんぞ狙いがあって御霊屋坊主になったのか」

「そこでござる。遣い坊主の背後には、良からぬ連中の影がちらついております。殿、夜道で成敗した駿河屋利平のことは覚えておいでにござりますか。あの伝法な口振り、とても商人のものではないと、お気づきになられたはず」

「盗人が御用達に化け、とんでもない悪事を企んでおったとかどうとか、おぬしは邪推しよったな」

「切腹を申しつけられた御台所頭の高木も、斬殺された御納屋役人の中村も、小物にすぎませぬ。背後に控える黒幕が何かを企んでおるはずだと、加賀守さまはご推察なされました。ところが、肝心の鬼役殿は面倒なことがお嫌いのようで、あとの始末はそっちでつけよと仰せになった。それゆえ抛《ほう》っておいたところが、いまになって調べなおせとご命じに」

「皮肉を申すな」

「ま、お父君の一大事ゆえ、致し方ありますまい。ただし金輪際《こんりんざい》、拙者を加賀守さまの陪臣《またもの》とご認識なされますな。拙者はあくまでも矢背家の用人、二足の草鞋《わらじ》を履けるほど器用な男ではござらぬ。それを証拠に、こたびの一件も桜田御門外の御上屋敷（加賀守邸）にはひとことも漏らしておりませぬ」

「わかったわかった。で、駿河屋利平と月空は結びついたのか」

「これが少々、こみいっておりまして」

月空はかつて、霊巌島《れいがんじま》の廻船問屋《かいせんどんや》『浜田屋《はまだや》』の丁稚《でっち》だった。それがあるとき、神隠しにでも遭ったように消えてしまい、数年経って御霊屋の遣い坊主になりかわっていた。その間の経緯は判然としないものの、まっとうな道を歩んできたとはおもえないと、串部はつづける。

「浜田屋なる廻船問屋は、駿河屋とも深い関わりにありました」

主人の浜田屋善左衛門《ぜんざえもん》は一代で財を築いた成りあがり者、利平とは似たもの同士だった。問屋仲間にも入らず、役人に賄賂をばらまいて商売を横取りするなど、今も強引な遣り口で顰蹙《ひんしゆく》を買っているという。

「殿、驚くべきはここからです」

浜田屋善左衛門は駿河屋の商売敵でもあった遠州屋から、ひとりの手代《てだい》を迎え入れた。手代は商才のある若者で、ことのほか銭勘定に強い。善左衛門の眼力に狂いはなく、手代はめきめきと頭角をあらわし、仕舞いには若旦那になった。つまり、一介《いつかい》の手代が浜田屋の二代目に選ばれたのだ。

「そればかりか、善左衛門は御家人株を手に入れ、いったん養子にした手代を武家の跡取りにさせました。そのうえで、お城づとめの身分にまで成りあがらせたのです」

役人たちに湯水のごとく金をばらまいた甲斐《かい》もあり、侍身分を手に入れた手代は晴れて勘定方《かんじようかた》となった。それからほどなくして、小納戸頭取である碩翁の目に留まり、銭勘定の才を必要とする納屋役人への配転がきまったのだ。

「まさか、その手代とは」

「中村多助にございます。月空とは旧知の仲、ふたりは駿河屋利平とも繋がっております」

「月空の背後におるよからぬ連中とは、浜田屋とその一味なのか」

「はい。善左衛門なる男、外面はまっとうな商人にみえますが、あれは世を忍ぶ仮のすがたやに拝察いたしました」

「裏の顔は」

「群盗《ぐんとう》の首魁《しゅかい》」

「ふうむ」

蔵人介は唸った。

月空を斬り捨てるのは容易《たやす》いが、それでは孫兵衛への嫌疑は晴れない。

かといって、捕縛して拷問に掛けようとすれば、舌を嚙みきる恐れもある。

一方、浜田屋なる廻船問屋を潰そうとおもえば、こちらもできなくはないが、ただ単に潰すだけでは有効な手段とはいえない。

悪事の全貌を白日《はくじつ》の下に晒《さら》さぬかぎり、実父の救われる道はないのだ。

蔵人介は、鑿痕も粗い武悪面を睨んだ。

耳に甦《よみがえ》ってきたのは、孫兵衛が耳にした月空の科白《せりふ》だ。

——ぜったいにばれないから、もういちどだけ。

「あれは」

てっきり、逢瀬の契りを取りかわしたものだとおもっていた。

が、別の意味があったのかもしれない。

「串部よ、中村多助は勘定方をつとめておったのだろう」

「は」

「ならば、御金蔵にも精通しておったはずだ」

侵入経路や鍵の数、見張番の数や交替の刻限など、御金蔵を管轄《かんかつ》する勘定方ならば容易に調べはつくと、蔵人介は指摘する。

「なあるほど」

江戸城には、金蔵がふたつあった。

ひとつは蓮ノ池《はすのいけ》金蔵、もうひとつは奥金蔵で、勝手費用の出し入れに使用される蓮ノ池金蔵のほうは、月の収納日が六日、十四日、二十六日、払渡日が十日、十八日、二十四日と決められていた。予告なしの不時立入検査もあるので、侵入は難しい。

一方、奥金蔵のほうは備蓄用の蔵として扱われ、検査は月に一度あるかないかという程度、見張りも手薄で人の出入りはごく少ない。

「串部、奥金蔵の位置は天守台の裏手だったな」

「いかにも」

「わしが盗人なら、そっちを狙う」

蔵人介は、千代田城の鳥瞰図《ちょうかんず》を脳裏に描いた。

「侵入するとすれば、見張りの手薄な矢来門《やらいもん》からだ。西桔橋門《にしはねばしもん》をたどり、中ノ門、埋門《うずみもん》と乗りこえる」

月空の吐いた科白の意味は、奥金蔵から御用金を盗みだす算段だったにちがいない。

「いいや、すでに御用金は盗まれておるぞ」

蔵人介の指摘するとおり、「ぜったいにばれないから、もういちどだけ」というのは、いちどは盗みが成功したことを意味する。

中村多助と月空は御用金を強奪する目的のために、最初から城内におくりこまれた先導役なのだ。

「中村は何度も金蔵の下見をおこない、蠟型《ろう》をとって合鍵などもつくらされていたのではあるまいか」

「ふうむ、かもしれませぬな」

「決行の日取りを報せるのは、城外へ遣いに出ることのできる月空の役目だ」

中村と月空にみちびかれた群盗は、夜陰《やいん》に乗じて城内へ侵入した。

そして、大胆にも金蔵へ忍びこみ、千両箱をもちだしたのだと、蔵人介は金蔵荒らしの大筋を描いてみせる。

「殿、駿河屋利平も盗人の一味だったに相違ござりませぬ」

「まちがいあるまい。味をしめた連中は月空を介し、ふたたび金蔵荒らしを画策《かくさく》した。ところが、先導役の中村多助は悪事の発覚を恐れ、腰砕けになった」

要求を断った直後、何者かに斬殺されてしまったのだ。全身を膾《なます》に刻む惨《むご》い遣《や》り口《くち》は仲間への見せしめ。悪辣非道《あくらつひどう》な連中のやりそうなことだと、蔵人介は吐きすてる。

「殿、御金蔵が荒らされているか否か、さっそく調べさせますか」

「いや待て。抛《ほう》っておこう。盗人どもを誘いだすのだ」

とは言ったものの、策がない。

考えあぐねているところへ、血相を変えて駆けこんでくる者があった。

義弟の綾辻市之進だ。

蔵人介の胸に、不吉な予感が過《よ》ぎる。

「いかがした」

平静を装って問いただすと、市之進は咽喉をひきつらせた。

「叶どのが……か、叶孫兵衛どのが、引ったてられました」

「何だと」

「碩翁さま配下の闇同心に縄を打たれたのでござる。隠密裡《り》の動きゆえ、御目付衆も把握できず」

「父上を奪われたと申すのか。たわけ者どもめ」

「面目《めんぼく》次第もござりませぬ」

市之進たち探索方は組頭から箝口令を布《し》かれ、表立った動きもできずにいる。

おおかた、碩翁の手がまわったのだろう。

「市之進、父上の連れさられたさきに心当たりは」

「碩翁さまの隠れ屋敷が向島《むこうじま》にございます。そちらではないかと」

「向島の隠れ屋敷か」

屋敷には拷問蔵が併設されていると、噂に聞いたことがあった。

「義兄上、闇同心支配の小柳直次郎は残忍を絵に描いたような男でござる。叶孫兵衛どのは今宵、厳しい責め苦を受けておられるやも」

「わかっておるわ」

蔵人介は刀掛けに歩みより、藤源次助眞の長柄刀を取りあげた。熟慮している暇はない。

つくりかけの武悪面を懐中におさめ、裾を割って廊下へ躍りだした。

七

冴《さ》えた夜空に満月が輝いている。

蔵人介ら三人は二艘《そう》の猪牙舟《ちょきぶね》に分乗し、水面の月を追うように大川《おおかわ》を遡上《そじょう》していった。文人墨客《ぶんじんぼっかく》になった気分で雪見船としゃれこみたいところだが、頬を切るような横風が浮かれた気分を吹きとばした。

孫兵衛のことをおもうと、胃がしくしくと痛みだす。

印籠から熊胆を取りだし、爪の先ほどを削って嘗めた。

「苦い」

おもわず声に出すと、同乗する市之進が掌を差しだした。

「わたくしにもくだされ」

いざとなれば、難敵相手に斬りこまねばならぬ。

そうおもうと、胃が痛むのだという。

「図体《ずうたい》のわりに意気地《いくじ》のない男だな」

「何を仰る。小柳直次郎の相手はわたくしめが」

「力むな。おぬしは後詰《ごづ》めだ」

「いやでござる。斬りこませてください」

「斬りこむ気など毛頭《もうとう》ないぞ。刃を交えずに父上の身柄を奪う」

「それで済みますかね」

「ともかく、おぬしは剣術のほうは今ひとつだが、力はある。いざとなれば、父上を背負って逃げてもらう」

串部の乗る一番舟の艫灯《ともあか》りが、ぐっと迫ってくる。

そろそろ、船着場に近づくころだ。

向島は、墨堤《ぼくてい》に沿って南北にひろがっている。南は吾妻《あずま》橋を渡った先の本所中之《ほんじょなかの》郷《ごう》。北は木母寺《もくぼじ》のある関屋《せきや》のあたりまでというから、かなり広い。

碩翁の隠れ屋敷は、三囲《みめぐり》稲荷の裏手にあった。

背後は須崎《すさき》村の百姓地で、人家もない田畑のただなかに、合掌《がっしょう》造りの家屋がぽつんと建っている。

門は冠木門だが、仰々《ぎょうぎょう》しい石垣に囲まれていた。

「段取りどおりにゆくぞ」

蔵人介は吐きすて、懐中から武悪面を取りだした。

串部は狐面を取りだし、市之進は気のすすまぬ様子で猿面を取りだす。

「それがしが猿」

「文句をいうな」

三人は狂言面を顔につけた。

異様な風体の三人が、雪明かりに照らしだされる。

「殿、これでは百鬼夜行《ひゃっきやぎょう》の化け物ですな」

串部はくぐもった声で笑い、石垣をよじのぼりはじめた。

ほどもなく、門脇の潜《くぐ》り戸《ど》が開いた。

「お待たせしました」

と、狐面が顔を差しだす。

蔵人介と市之進は、潜り戸の内側へ踏みこんだ。

白一色の前庭に雪帽子をかぶった石灯籠《どうろう》が立っている。

風に揺れる枯木の枝影が、魔物のように手招いた。

母屋《おもや》は寝静まり、行燈《あんどん》の灯りひとつ漏れていない。

足許《あしもと》が不如意《ふにょい》なため、ふたりは用意してきたかんじきを履いた。

かんじきとは木や竹を輪にしてつくったもので、雪道では重宝《ちょうほう》する。

「面の名で呼びあうぞ。よいな、狐、猿」

「は、閻魔さま」

「さまはつけずともよい。なれば、ゆくぞ」

市之進を後詰めに残し、串部とふたりでさきへ進む。

敷地はさほど広くもなく、裏手にまわると白壁の土蔵がひっそり建っていた。

母屋からは、かなり離れている。戸口に篝火《かがりび》が焚かれ、見張番らしき男の影がひとつあった。

「父上は土蔵のなかだ」

「そのようですな」

「見張りを何とかできるか」

「おまかせを」

串部は雪のなかを漕ぎすすみ、ふっと暗闇に消えた。

つぎの瞬間、見張番は声もなく倒れ、蟹のような人影が手を振ってみせた。

蔵人介は雪上を駆け抜け、篝火の側へたどりついた。

胴丸《どうまる》を着けた見張番が、新雪のなかに埋まっている。

「狐、殺ったのか」

「眠らせただけでござる。閻魔どの、これを」

狐面をかぶった串部は、土蔵の鍵を自慢げにぶらさげてみせた。

「でかしたぞ」

南京錠《なんきんじょう》は容易に開き、分厚い扉のむこうへ踏みこんだ途端、強烈な黴《かび》臭さに鼻をつかれた。

「真っ暗だな」

「ここに手燭《てしょく》がござります」

串部は篝火から灯《ひ》をとり、内を照らしだした。

仄白《ほのじろ》く浮かびあがった土間には、十露盤《そろばん》板だの伊豆石《いずいし》だの荒縄や鞭《むち》だのといった拷問道具がころがっており、北向きに穿《うが》たれた小窓からは寒風が吹きこんでいた。

「う……うう」

片隅の物陰から、弱々しい呻《うめ》き声が聞こえてきた。

ざんばら髪の老人が泣柱《なきばしら》に後ろ手で縛りつけられている。

「父上」

蔵人介は大股で歩みより、身を屈《かが》めた。

したたかに撲《なぐ》られたようだ。孫兵衛の顔は南瓜《かぼちゃ》大に膨《ふく》らみ、あおぐろく変色していた。

「父上、しっかりしてくだされ」

「ぬう……誰じゃ。ん、閻魔か。さては地獄のお迎えか」

「父上、わたしですよ」

「お、その声は……く、蔵人介どのか」

「救いにまいりました。お気をたしかに」

「……こ、これしきのことで……し、死んでたまるか」

縄目を解くと、孫兵衛は泣柱からへなへなとずり落ちた。

痩せた肩を抱きおこし、急いで気付け薬を嗅がせてやる。

「ぶはっ」

孫兵衛は正気になった。

「父上、ずいぶんと痛めつけられましたな」

「たいしたことはない。肋骨《あばら》を二、三本……お、折られた程度じゃ」

強がりを吐く父親を背負い、蔵人介は串部ともども蔵の外へ出た。

そこへ、疳高《かんだか》い笑い声が聞こえてきた。

いつのまにか、大勢の人影が土蔵をとり囲んでいる。

「鼠かとおもいきや、閻魔と狐であったか。この寒いなか、とんだ狂言につきあわされたものよ」

喋っているのは、額に十字の金瘡《きず》がある長身の男だ。

「小柳直次郎」

と、串部が吐いた。

「狐め、わしの名を知っておるようだな。ということは御目付配下の隠密か。それとも、御広敷《おひろしき》の伊賀者《いがもの》あたりか。どっちでもよいが、狙いはなんじゃ。よぼの爺《じじい》を救って、何の得がある」

「損得ではない」

と、蔵人介が応じてみせる。

「わしの背にある侍は、老いたりといえども忠義一徹の武辺者《ぶへんしゃ》。三十有余年ものあいだ、文句ひとつ言わずに江戸の天守を守りつづけた男だ。気骨《きこつ》ある天守番を死なせるわけにはいかぬ」

「ふん、莫迦らしい。ありもせぬ天守にしがみつき、老いさらばえて死んでゆく。ならばよ、いっそ凍てつく拷問蔵で、ひとおもいに舌でも嚙みきったほうがましであろうが、のう」

「無意味な役目と笑わば笑え。されどな、天守番の矜持《きょうじ》を笑うことだけは許さぬぞ」

「よほど、その爺にご執心《しゅうしん》とみえる。何やら、裏の事情がありそうだな」

小柳は懐手《ふところで》のまま、探るような眼差しを向けた。

碩翁の番犬は、月空という男の裏の顔を知らぬらしい。

御霊屋坊主の顔を立て、孫兵衛を引ったてただけのことなのだ。

拷問蔵へ連れこんだまではよかったが、どれだけ責めようとも孫兵衛は口を割らず、扱いあぐねているところへ、とんだ闖入者《ちんにゅうしゃ》があらわれた。そんなところだろう。

蔵人介はぐったりした父を背負いなおし、声を荒らげた。

「ともかく、おぬしに用はない。通してくれ」

「通すとおもうか、莫迦め」

「無益な殺生《せっしょう》はしたくない」

「こやつ、おもしろいことをいう。小柳直次郎と殺りあうつもりか」

「だから、やる気はないと申しておる。所詮、おぬしは金で雇われた番犬、飼い主に義理立てして死なずともよかろう」

「ぬほほ、煽《あお》りよる。わしを本気で斃《たお》すつもりかよ。この閻魔顔、たいした自信ではないか。のう、みなの者」

手下どもの嘲笑が、漣《さざなみ》のようにひろがった。

小柳は片手をあげてこれを制し、蔵人介の腰に着目する。

「長柄刀か、めずらしい得物《えもの》を差しておる。流派は、もしや、田宮流ではあるまいな。だとすれば、居合と居合の一騎打ちになるぞ」

小柳の遣う伯耆流には、波斬りなる秘技があると聞く。

蔵人介は孫兵衛を背中から下ろし、串部の手に預けた。

「閻魔どの、おやりになるのですか」

「やらずばなるまい。狐よ、わしが死んだら天守番を頼む。何としてでも命を守ってくれ」

「は」

蔵人介は剣客の本能を擽《くすぐ》られ、真剣で立ちあいたい衝動に駆られていた。

「小柳とやら、ひとつ約束してくれ」

「何じゃ」

「これは一対一の勝負、わしが勝ったら手下の者たちには手を出させぬと、この場で約束してほしい」

「承知」

突如、小柳は雪を蹴った。

前掛かりになり、迷いもなく生死の間境《まざかい》を踏みこえてくる。

居合の勝負は抜き際の一瞬、先に抜かせたほうに利があった。

ゆえに双方とも、ぎりぎりまで抜刀しない。

抜けば、確実にどちらかが死ぬ。

捷《はや》いほうが生きのこる。

ぶわっと、篝火が揺れた。

白刃が閃き、ふたつの影が擦れちがう。
掛け声もなく、鋼《はがね》と鋼の打ちあう音もない。
火花も散らなかった。
聞こえてきたのは風音と、骨の断たれた鈍い音。
両者は低い姿勢を保ったまま、ぴくりとも動かない。
誰ひとりとして、勝敗の行方を読めなかった。
串部でさえ、狐面の奥で唾を呑みこんでいる。
小柳は中段の水平斬りから、あきらかに胴を狙った。
ぱらりと、蔵人介の片袖が落ちる。
「やったか」
手下どもはざわめき、身を乗りだす。
小柳は鋭利な切っ先を宙に翳《かざ》し、にっと皓《しろ》い歯をみせた。
「くはっ」
唐突に血を吐き、反転しながら倒れてゆく。
冴えた鍔鳴《つばな》りとともに、蔵人介は助眞を鞘に納めた。
慢心からくるわずかな油断が、太刀行《たちゆき》を鈍らせたのだ。

剣客小柳直次郎は、下段の片手斬りで腰骨を断たれていた。

敗れたことが信じられぬようで、屍骸《むくろ》となっても双眸《そうぼう》を瞠《みは》り、口惜《くや》しげに満月を睨みつけている。

「さあ約束だ。道を開けてくれ」

蔵人介は凜然《りんぜん》と発した。

碩翁の飼い犬どもは、あっさり申し出を受けいれた。

小柳の強靭《きょうじん》さを知るだけに、歯が立たぬと観念したのだ。

所詮は金で雇われた連中にすぎぬ。命を捨ててまで、碩翁に義理立てする理由はあるまい。

門のまえでは、猿面をつけた市之進が寒そうに待っていた。

「閻魔どの、ご首尾《しゅび》は」

と聞かれ、蔵人介は面を外した。

「もうよい。猿芝居は終わりじゃ」

串部に背負われた孫兵衛は、死んだように眠っている。

「真の悪党どもは今頃、御用金で遊興《ゆうきょう》に耽《ふけ》っておるやも」

串部が渋い顔で、ぼそっと吐きすてる。

「許せぬ」

蔵人介のはらわたは、煮えくりかえっていた。

八

――ぜったいにばれないから、もういちどだけ。

天守台で月空と会話を交わした数日後、台所方の中村多助は何者かに斬殺された。

かならずや、盗人一味はもういちど奥金蔵を狙うと、蔵人介は踏んでいる。

そこを一網打尽《いちもうだじん》にすれば、孫兵衛の嫌疑を晴らすことができるかもしれぬ。

哀れな天守番の濡れ衣を晴らす手だては、それ以外におもいつかなかった。

わからぬのは決行の日取り。これを知るには月空か浜田屋善左衛門か、どちらかを見張らねばならない。

ただし、浜田屋は怪しいというだけで、盗人の確証が得られているわけではなかった。一方、月空を見張るには紅葉山へ潜入しなければならず、門番や坊主どもに誰何《すいか》されるのは目にみえている。

いろいろ考えたあげく、蔵人介たち三人は奥金蔵を張りこむことにした。

張りこむといっても、おおっぴらにはできない。番士にみつかれば、こちらが盗人扱いされかねないので、隠密行動を余儀なくされた。

夜間のみの張りこみをはじめて五日目、蔵人介と市之進は奥金蔵の門扉《もんぴ》がみえる城内の暗がりに隠れていた。

背後には金網の囲いが張りめぐらされ、その向こうには大奥の建物が白い甍《いらか》をつらねている。左手後方には西桔橋門、中ノ門から繋がる埋門が控え、右斜め正面には天守台が聳《そび》えたっていた。

千代田城は鉄壁の平城にみえて、侵入口は存外に多い。門番はたいてい門脇か番小屋に詰めているので、敷地内に侵入さえできれば闇に紛れてしまい、まず発見される心配はなかった。

空に月星はなく、暗澹《あんたん》とした天空からは白いものが舞いおちてくる。

時折、番士の翳す龕灯《がんどう》が揺れてみえたが、奥金蔵の警戒は手薄だった。

「義兄上、盗人どもはあらわれますかな」

「あらわれる、かならずな。正月の餅代を稼ぎにやってくるのさ」

「餅代ですか、なるほど」

奥金蔵の鍵はぜんぶで三つあった。鍵役も兼ねた見まわり役は、四半刻《しはんとき》（三十分）にいちど顔をみせるだけだ。

「あれでは盗人が忍びたくなるのもわかりますな」

「ふむ。奥金蔵には千両箱が山積みにされておるらしい。いっそ、われらで忍びこむか」

「何を仰います」

「戯《ざ》れ言《ごと》だ。真《ま》に受けるな」

「はあ」

市之進は赤っ鼻から洟水《はなみず》を垂らし、かさねた両掌に白い息を吹きかけた。

「ほれ、これを使え」

蔵人介は懐中から温石《おんじゃく》を取りだし、市之進に手渡した。

「あ、どうも」

「とんだ厄介事に巻きこんじまったな」

「義兄上、水臭いことを仰いますな」

「盗人どもと遭遇できても、おぬしの手柄にはできぬぞ」

「もとより、手柄などはのぞんでおりませぬ。わたくしは叶孫兵衛どのの汚名をそそぎたいのでござる」

「さようか。すまぬな」

義弟のことばに心温まるおもいを抱かされ、蔵人介は寒さに耐えつづけた。

一段と冷えこみも増した頃、埋門で張りこんでいた串部が息を切らして駆けこんできた。

「殿、盗人どもがあらわれましたぞ」

「ようし」

「すくなくとも、五人はおります」

「月空めは」

「黒ずくめなので、そこまでは」

「まあよい。なれば、段取りどおりに」

「は」

串部はすぐさま、奥金蔵の扉口へ走った。

「わたくしはまた後詰めですか」

丹唇《くちびる》を尖《とが》らす市之進ともども、蔵人介は物陰から様子を窺《うかが》う。

すると、一群の黒い影が雪上を数珠《じゅず》繋ぎに駆けよせてきた。

見まわりは去った直後なので、当分は戻ってこない。

盗人どもは慎重な足取りで、奥金蔵の扉口へ近づいた。

「ひい、ふう、みい……ぜんぶで六人か」

石臼《いしうす》のような扉は難なく開き、見張役ひとりを残した盗人五人が金蔵のなかへ消えていった。

直後、串部の体軀《たいく》が影のように迫り、見張役を撲《なぐ》りたおした。

蔵人介と市之進は雪上を駆け、扉の前へたどりつく。

すでに、串部の手で盗人は頭巾を脱がされていた。

坊主頭に女形《おんながた》のような端整《たんせい》な面立《おもだ》ち、意識を失った男が月空であることは明白だった。

三人は頷きあい、つぎの行動に移った。

市之進は手早く月空を縛りあげて物陰へ隠し、蔵人介と串部は金蔵のなかへ忍びこむ。

奥金蔵の鍵は表扉の南京錠もいれて三つ。内は二重の扉で仕切られており、千両箱が山と積まれた奥の部屋へたどりつくには、ふたつの部屋を通りぬけねばならない。

盗人どもは二番目の扉も難なく通りぬけ、勝手知ったる奥座敷へとすすんでいた。

蔵人介の読んだとおり、蠟型から合鍵を作っているのだ。
最後の扉はわずかに開き、手燭のかぼそい光が漏れていた。
千両箱を面前にして興奮を隠せぬのか、男どもの噎《む》せるような息遣いも聞こえてくる。
いずれにしろ、蔵人介は一気に決着をつけるつもりだった。
「それ」
扉を開いて躍りこむと、五つの黒頭巾が一斉に振りむいた。
ひとりが仰天した拍子に、千両箱を取りおとす。
葵紋《あおいもん》の刻印された蓋が開き、山吹《やまぶき》色の小判が飛びだしてきた。
あっと声をあげる暇もなく、盗人の三人までがその場に倒れた。
死んではいない。蔵人介が瞬時に助眞を抜きはなち、峰に返して急所を打ったのだ。
串部も同田貫《どうたぬき》を振るい、ひとりを昏倒《こんとう》させる。
残りはひとり、手燭を提《さ》げた男だけになった。
「そやつ、浜田屋善左衛門でござる」
特徴のある固太りの体軀から、串部が即座に見抜く。

「くそっ」

善左衛門は手燭を抛り、懐中から匕首《あいくち》を引きぬいた。

「死にさらせ」

頭から突きかかってくる。

「何の」

蔵人介は一歩さがり、ひょいと躱《かわ》しながら助眞を振りおろした。

――びゅん。

刃音が鳴った。

「ぎぇっ」

助眞の峰は、相手の右手甲を砕いている。

呻きながら蹲《うずくま》る男の頭巾を剝《は》ぎとれば、串部の知る廻船問屋の顔があらわれた。

「おぬしが浜田屋か。御城に忍びこむとは太いやつ」

「……て、てめえらは、いってえ誰でえ……す、駿河屋利平を殺った連中か」

「察しがよいな。こちらからも聞くが、中村多助を殺ったのは、おぬしか」

「……そ、そうよ。野郎は育ててやった恩も忘れ、おれの指図を拒みやがった。裏切り者はああなるのが掟《おきて》さ」

「欲を掻いたな。一度で止《や》めておけばよいものを」

「千代田の城なんざ、ほんの手はじめさ」

「どういうことだ」

「へへ、耳の穴をかっぽじって、ようく聞いておけ。おれは頭黒《ずぐろ》の権蔵《ごんぞう》、隼小僧《はやぶさこぞう》の小頭《こがしら》よ」

「隼小僧だと」

「仲間はまだ大勢いる。そのうち、江戸じゅうに火がつくぜ。お頭の後ろにゃ、とんでもねえ大物が控えているんだ」

むぎゅっという嫌な音が聞こえ、頭黒の権蔵は舌を嚙んだ。

「ちっ、死におった」

串部が口惜《くや》しげに吐きすてる。

死んだ男の背にあるのは、帯金《おびがね》の巻かれた千両箱の山だ。

金蔵とは存外に狭い部屋なのだなと、蔵人介はおもった。

九

その夜、奥金蔵の外に黒装束の連中が晒されているのを、見まわりの番士が発見した。盗人であることは一目瞭然で、みな頭巾を剝ぎとられ、荒縄で雁字《がんじ》搦《がら》めに縛られたうえに、猿轡《さるぐつわ》を嚙まされていた。

六人のうちのひとりは舌のない屍骸、ひとりは坊主頭の若い男であった。

若い男が御霊屋坊主の月空と判明するまでに、さほどのときは掛からなかった。ときをおかず、隼小僧の一味と称する盗人どもが斬罪にされたのは言うまでもない。幕府の沽券《こけん》にも関わる前代未聞の不祥事だけに、すべての措置は隠密裡にとりおこなわれた。

奥金蔵を調べてみると、なんと二万両を優に超える御用金がすでに盗まれていた。

即刻、鍵役ならびに番士組頭は切腹を申しつけられ、ふたりの勘定奉行が御役御《おやくご》免《めん》のうえ蟄居《ちっきょ》となった。そのうえ、勝手《かって》掛《かかり》老中の水野《みずの》出羽守《でわのかみ》忠成《ただあきら》までが家斉にきつくお叱りを受けるという異例の事態となった。

さらに、御霊屋坊主の綱紀《こうき》粛正《しゅくせい》がはかられることとなり、別当以下の僧侶たちは寺社奉行の詰問を受けるという屈辱を味わった。

別当の覚雲が入母屋《いりもや》造りの東照宮をのぞむ参道脇で自害して果てたのは、月空の屍骸が焼かれて数日後のことである。

参道脇の水屋は凍りつき、四脚《しきやく》門も唐《から》門も築地塀《ついじべい》の銅瓦《どうがわら》も、玉垣に囲まれた霊廟もすべてが沈黙していた。秋になれば全山燃えあがる紅葉山は白一色に覆われ、懺悔《ざんげ》するかのように俯《うつぶ》す覚雲の周囲だけが、鮮やかな真紅《しんく》に彩られていたという。


覚雲の自害から七日後、天保元年の暮れも押しせまった。

町屋からは、景気のよい引きずり餅の杵音《きねおと》がぺったんぺったんと聞こえてくる。

蔵人介は黒羽二重《はぶたえ》を纏い、神楽坂の急勾配を上っていた。

灰色の空を仰げば、風花が戯《たわむ》れるように舞いおちてくる。

背後の坂下から聞こえてくるのは、節季候《せきぞろ》の物乞い唄であろうか。

「さっさござれや、まいねんまいねん、旦那の旦那の、お庭へお庭へ、飛びこみ飛びこみ、餅をもらいに餅をもらいに、跳ねこみ跳ねこみ、飛びこみ飛びこみ、さっさござれや……」

蔵人介の顔は、どことなく沈んでみえる。

――そのうち、江戸じゅうに火がつくぜ。

浜田屋善左衛門こと頭黒の権蔵は、死に際に「隼小僧」という群盗の名を吐いた。背後で糸を引く大物とはいったい、誰なのか。

詮索したところで、見当もつかない。

「ま、よいか」

下手《へた》な考え休むに似たり、今はただ酔うにかぎる。

何はともあれ、実父孫兵衛の濡れ衣は晴れたのだ。

祝いも兼ねて、蔵人介はおようの見世へやってきた。

「それにつけても、縁は異なものよ」

孫兵衛は隠居願いを出し、天守番の職を辞した。

長年親しんだ役目に未練がないといえば嘘になるが、じつは潔く辞める潮時《しおどき》をはかっていたのだという。

あっさり辞めてしまったことが、幸運を呼びこんだ。

孫兵衛も蔵人介も、まったく予期していなかった幸運である。

神楽坂の裏手にまわると、しもた屋の四つ目垣が迎えてくれた。

「邪魔をするぞ」

八ツ刻《やつ》（午後二時）のせいか、見世に客はひとりもいない。

「お父さまが、お待ちかねですよ」

床几のむこうで、年増《としま》のおようが微笑んだ。

陽気な声に誘われ、包丁を手にした老人がぬっと顔を差しだす。

「ふふ、来おったか」

孫兵衛だ。

蔵人介も知らぬ間に見世の常連となり、おようと気心を通じあっていた。何と気の早いことに夫婦《みょうと》となる約束まで交わし、蔵人介を驚かせたのである。

「わしゃ、こうみえても料理の腕は一級品でな」

「ほほう、さようで」

「信じておらぬようじゃな。されば、おように聞いてみろ」

「うふふ」

蔵人介が顔を向けると、おようは艶《あで》やかな朱唇《くちびる》に手を当てて笑った。

「ほら、孫兵衛さまをよくご覧になってくださいな。わたくしが町人髷《まげ》に結いなおして差しあげたのですよ」

「おようどのが」

「だって、さまにならないでしょ」

ふたり仲良く床几のむこうに並んで立てば、長年つれそった夫婦のようでもある。

孫兵衛は、目に涙を溜めながら言った。

「蔵人介どの、わしはこの年で生き仏に出逢った。拷問蔵へ入れられたときは、いつなりとでも死んでもよいと覚悟を決めたが、今は死にとうない」

「よいお覚悟でござる。百歳まで生きて、長寿を全《まっと》うしなされ」

「うはっ、そうじゃな」

「そうでござりますとも」

おようがひと肌につけた燗酒を、蔵人介は咽喉の奥へすっと流しこんだ。

大奥淫蕩《いんとう》地獄

一

天保二年（一八三一）の正月はあっというまに過ぎ、立春から半月ほど経つと里でも鶯《うぐいす》の初音《はつね》が聞けるようになる。如月《きさらぎ》の啓蟄《けいちつ》ともなれば、まだ余寒はのこるものの、屋根に積もった雪は溶け、梅がちらほら咲きはじめる。

桜田御門外にある長久保加賀守邸の中庭にも、紅梅の古木が植わっていた。

蔵人介は春らしい菜花《なのはな》色の継裃《つぎかみしも》に身を包み、離室《はなれ》の下座で畏《かしこ》まっている。

鬢に霜のまじる加賀守は脇息《きょうそく》にもたれ、いつになく上機嫌な様子でくつろいでいた。

「蕾《つぼみ》はまだ固い。とみえて、陽が射せば一気にひらくであろうな」

「はい」

「年末年始は何かと忙《せわ》しのうて困る。行事が目白押しでのう、政事《まつりごと》にもろくに手がつかぬわ。ゆえに、そなたとも挨拶を交わすことができなんだ。御母堂は息災《そくさい》であられるのか」

「恐れいりまする。おかげさまで、平穏な日々をおくっております」

「堅苦しい挨拶は抜きにせい。ほれ、御酒もある。肴《さかな》は鱒《ます》の味醂《みりん》漬けに分葱《わけぎ》と木耳《きくらげ》の和え物じゃ。あとで旬の白魚《しらうお》をもたせよう。遠慮のう、楽しむがよい。無論、毒味はせずともよいぞ、ふははは」

蔵人介は膝で躙《にじ》りより、加賀守の差しだす盃に塗りの銚子をかたむけた。

「そちも呑め」

「は」

返盃の盃をひと息に干すと、下りものの諸白《もろはく》が五臓六腑《ごぞうろっぷ》に沁《し》みわたった。

加賀守の垂れかけた頬に、わずかな赤味が射している。

「わしも今年で五十五じゃ。酒もめっきり弱くなってのう」

「なんの、御前は雨が降ろうが雪が降ろうが槍の朝稽古を欠かされぬと、串部に聞いております。おからだもさぞや、ご壮健《そうけん》であられましょう」

「余計なことを。串部のやつは、さようなことまで申したか」

「お責めになられますな。御前は世に知られた佐分利流《さぶり》槍術《そうじゅつ》の名手、槍をとらせれば海内一《かいだいいち》との噂もござります。串部は御前に心酔《しんすい》いたしておるのでござります」

「いちど、おぬしと手合わせしてみたいな」

「槍と刀とでは勝負になりますまい」

「刀でわしと五分に闘った者がひとりおるぞ」

「ほう」

「そなたの父、信頼よ」

「何と」

「ふふ、驚いたか。わしが所望《しょもう》し、信頼の重い腰をあげさせたのじゃ……そういえば、いちど聞いておきたいことがあった」

「何でしょう」

「矢背家の由来じゃ。信頼にも聞きそびれてのう。矢背とは、いかにも妙な響きの姓ではないか。何ぞ格別な由来でも」

「ござります」

蔵人介はそつなく酌をしながら、養母の志乃に聞いたはなしを語りはじめた。

矢背とは、京師《けいし》の北東にある八瀬《やせ》の地に縁《ゆかり》のある姓という。壬申《じんしん》の乱の際、天《てん》武《む》天皇が彼《か》の地で背中に矢を射かけられた。そして、背中の矢傷を釜風呂で癒《い》やした逸話にちなんで「矢背」と名づけられた地名が、時代の変遷とともに「八瀬」と表記されるようになったらしい。

加賀守は宙をみつめ、静かに発した。

「八瀬の民はたしか、八瀬童子《どうじ》とも称されておったな」

「はい。この世と閻魔《えんま》王宮とのあいだを往来する輿《こし》かき、あるいは、閻魔大王に使《し》役《えき》された鬼の子孫とも謂《いわ》れております」

童子とは高僧に随伴《ずいはん》する護法《ごほう》童子や式神《しきがみ》といった鬼神《きじん》のたぐいをしめす。伝承によれば、八瀬童子は不動明王《ふどうみようおう》の左右に侍《はべ》る「こんがら童子」と「せいたか童子」の子孫であるとも信じられていた。

八瀬の民は鬼の子孫であることを誇り、鬼を祀《まつ》ることでも知られる。事実、集落の一角にある「鬼洞《おにがほら》」という洞窟では、都を逐《お》われて大江山《おおえやま》に移りすんだ酒呑《しゆてん》童子が祀られていた。

鬼の子孫であることを公言すれば、都の秩序を司る権力者からの弾圧は免れない。秘密を抱えた村人たちは比叡山《ひえいざん》に隷属《れいぞく》する「寄人《よりうど》」として暮らし、延暦寺《えんりやくじ》の座主《ざす》やときには皇族の輿をも担ぐ「力者《りきしゃ》」となった。

「ふうむ、鬼の子孫が鬼役とはのう」

しきりに感心してみせる加賀守にむかい、蔵人介は淡々とつづけた。

「拙者は養子ゆえ、御先祖の血は流れておりませぬ」

「されど、鬼の資質はあったのじゃろうて。信頼はそれを見抜いておったからこそ、そなたに多大な期待をかけた。貴人を守る力者なれば、剣の道にも通じておかねばならぬ。信頼も稀《まれ》にみる田宮流の遣い手だった。そなたは毒味の作法のみならず、抜刀術の秘伝をも受けついだのじゃ。蔵人介よ」

「は」

「師走の仕置き、串部からあらましは聞きおよんでおる。隼小僧の一味なる者たち六名を雪中に晒《さら》した手管《てくだ》、見事であったぞ。褒めてつかわす」

「はは」

「穢《けが》れた御霊屋に安息がもどり、何よりも、ぬるま湯に浸かった役人どもが襟を正すよい機会になったわ」

ついでにいえば、老中首座である水野出羽守の権威が失墜したことで、加賀守は漁夫《ぎょふ》の利《り》を得た。

次期西ノ丸老中は確実と目されていた若年寄のひとりが、出羽守という後ろ盾を失って出世の目がなくなった。これにより、碩翁などの推す林田肥後守英成《はやしだひごのかみひでなり》が西ノ丸老中の候補筆頭に浮上し、それと同時に、肥後守の有力な対抗馬として加賀守の名が取り沙汰されはじめたのだ。

加賀守は肥後守ともども、師走の一件で得をしたことになる。

蔵人介は命じられて動いたわけではなかったものの、終わってみれば加賀守の役に立つはたらきをしていた。

「蔵人介、もそっと近《ちこ》う寄れ。そなたを呼んだのはほかでもない。ひとつ厄介事を頼みたい」

「はっ」

「浮かぬ顔じゃな。厄介事は嫌いか。そういえば、御金蔵の一件に首を突っこんだのも、実父の天守番を救うためであったとか。串部はえらく感心しておったがな、そうした甘さがそちの命取りになりかねぬ」

「はは」

蔵人介は平伏《へいふく》しつつも、奥歯をぎゅっと嚙みしめた。

所詮は加賀守の飼い犬にすぎぬという卑屈なおもいが、ひょっこり頭をもたげたのだ。

「蔵人介、これが何かわかるか」

加賀守は床の間から金泥《こんでい》に塗られた硯箱《すずりばこ》を引きよせ、鼻糞のような丸薬《がんやく》を取りだしてみせた。

「これによく似た丸薬は存じておりますが」

「申してみよ」

「一粒金丹《いちりゆうきんたん》。蝦夷松前《えぞまつまえ》藩のみに製法が伝わる滋養強壮《きようそう》の秘薬にございます」

「さすがじゃの」

以前、御匙《おさじ》とも呼ばれる奥医師の伊東仁斎《いとうじんさい》が公方《くぼう》に処方した。

「その際、丸薬なれど毒味をせよとのお申しつけがあり、畏《おそ》れながら服用申しあげたのでござります」

「どうであった」

「全身がかっと熱くなり、その夜は寝つけませなんだ」

「ふほほ、腎張《じんば》りの特効薬じゃからの。御匙に薬方は質《ただ》したのか」

「はい」

膃肭臍《おっとせい》の陰茎《いんけい》ならびに睾丸《こうがん》の干物、麝香鹿《じゃこうじか》の生殖腺嚢《せんのう》、水銀と硫黄《いおう》の化合物である辰砂《しんしゃ》、南洋に産する薬用植物の竜脳《りゅうのう》、中国蜀《しょく》地方にのみ分布していたとされる蚕《かいこ》といった珍奇な成分を混ぜあわせ、焼酎で煎じた菖蒲《しょうぶ》の汁で練って丸薬にするのだと、蔵人介はよどみなく説いてみせる。

「さらにもうひとつ、これだけは欠かせぬという薬草がござります」
「なんじゃ」
「阿芙蓉《あふよう》にござる」
「それよ」

加賀守は、ふうっと溜息を吐いた。

阿芙蓉とはすなわち、大陸の東北地方に産する阿片《アヘン》のことだ。清《しん》国では外貨獲得の重要な特産物として栽培され、英国をはじめとした欧州へ大量に輸出されている。だが、日本の市井《しせい》には出まわっておらず、一般には存在すら知られていない。

「松の内も明けたころ、大奥で不審事が発覚した。御台所様の網代《あじろ》駕籠を担ぐ御末《おすえ》が奇怪な死にざまを晒したのじゃ」

しかも、ひとりではない。御末と称される三人の下女がおなじ炭部屋で不審な死を遂げた。

「大奥のさるお方から秘密裡に訴えがあっての、部屋の隅に数粒の丸薬が転がっておったのよ」

「なるほど」

蔵人介はわれ知らず、身を乗りだしていた。

検屍《けんし》に立ちあった奥医師というのは、ほかならぬ伊東仁斎であった。

「仁斎も一見して一粒金丹と断じた。されど、念のため、小石川《こいしかわ》養生所の漢方医に調べさせてみるとな、驚くべきことにまちがっておった」

「ほう」

事が事なので罪人をつかって詳しく調べさせたところ、摂取の仕方によっては幻覚を生ざせる丸薬であることがわかった。

丸薬の体裁《ていさい》をとってはいるものの、服用するのではなく、香炉《こうろ》などをつかって焚きこむか、もしくは煙管《キセル》をつかい、鼻と口から煙を吸引するのだと、養生所の医師は見解を述べたらしい。

「聞けば、阿芙蓉とは人を快楽の淵へみちびく媚薬《びやく》であると同時に、人の骨をも蝕《むしば》む劇薬であるとか。これを常習する者は、薬効が切れるや前後不覚、酩酊《めいてい》、場合によっては物狂いじみた態に陥り、新たに薬を手に入れるためならば、鬼神や魔物にさえ魂を売るという。かような薬を野放しにはしておけまい」

一刻もはやく阿片の流入経路を調べ、下手人どもを捜しだして抹殺《まっさつ》せよというのが、加賀守の下命であった。

「やってくれような」

「は」

命を拒むという選択肢はない。

蔵人介は、苦い酒をひと息に干した。

二

大奥を調べろと命じられても、男であるかぎり潜入は無理だ。

加賀守は妙齢《みようれい》の娘をひとり、蔵人介のもとへ寄こした。

素顔は風雅《ふうが》にして可憐《かれん》、芙蓉のごとき妖艶《ようえん》さすら感じさせる娘だが、化粧《けわい》の仕方によっては地味な娘に化けることもできる。

「可奈《かな》と申します」

芯の通った声で挨拶され、蔵人介は面食らった。

深川佐賀町《ふかがわさがちよう》にある油問屋の一室だ。

二階奥の八畳間には、娘の付きそい役として串部六郎太が控え、もうひとり、小《こ》間物《まもの》屋に化けた唯七《ただしち》という小者《こもの》のすがたもあった。

串部の説明によれば、可奈は武家娘の所作《しよさ》を会得《えとく》していながら、初々《ういうい》しい町娘も演じることのできる術《すべ》を心得ているという。加賀守の息の掛かった油問屋『美濃《みの》屋』の娘としてすでに、大奥奉公にあがる段取りはできていた。

深更《しんこう》、四人はその『美濃屋』に集まった。

大川から吹きつける冷たい風が、雨戸を小刻みに揺らしている。

蔵人介は浮かぬ顔で発した。

「そなた、齢は」

「十九にござります」

「大奥は魑魅魍魎《ちみもうりよう》の棲《す》むところ。恐くはないのか」

「いっこうに」

可奈は小さな顎をくっとあげ、不敵な笑みを泛《うか》べてみせる。

命じられれば、地獄の釜へでも飛びこみそうな娘だ。

氏素姓を質したい衝動に駆られたが、蔵人介はやめておいた。質したところで、まともな返答は期待できない。

隠密働きをさせるべく、幼い頃から手練手管《てれんてくだ》を仕込まれた娘なのだ。

お調子者を装った唯七が、横から口を挟んだ。

「お殿さま、手前が七ツ口《ななつぐち》の詰所《つめしょ》へ日参し、可奈との繋《つな》ぎをとらせていただきます」

「ふむ」

頷きはしたが、この男の顔つきもどことなく怪しい。

串部は信用のおける連中だと太鼓判を押すが、考えてみれば串部自身の素姓もはっきりしないのだ。

唯七の言う「七ツ口」とは御台所の拠《よ》る大奥御殿向《ごてんむき》の南東、奥女中たちの暮らす長局向《ながつぼね》と男役人の詰める御広敷向《おひろしきむき》との境にある。身分の高い御殿女中の使用人である部屋方《へやかた》の宿下《やどさ》がりに使われるほか、八百屋、魚屋、小間物屋などの御用商人が詰める買物口の役割も果たした。

籠《かご》の鳥の奥女中たちにしてみれば、唯一、外界との窓口といってよい。七ツ口詰めの商人は莫大な利益を手にできるので、御広敷役人や使番《つかいばん》の女中などに賄賂をおくって鑑札《かんさつ》を得ようと躍起になる。

すでに唯七は鑑札を取得し、七ツ口への出入りを許されていた。

「可奈は表使《おもてづかい》の村瀬《むらせ》さまにお仕えしながら、大奥の内情を探ります。探ったことは五菜《ごさい》の甚吉《じんきち》を通じて手前のもとへ、そして串部さまからお殿さまのお耳へ、という段取りに」

表使は大奥の渉外役で、御殿向と御広敷向との境にある下ノ御錠口《おじょうぐち》を掌握する。大奥の老中ともいうべき年寄《としより》の指図で大奥の買物いっさいを仕切り、留守居や御広敷役人との談合もおこなう。年寄についで権限があり、才智《さいち》に長《た》けた者が就く役職とされた。

表使筆頭の村瀬も例に洩れず、才色兼備《さいしょくけんび》との誉《ほま》れも高い女性《にょしょう》だった。

おおかた、このたびの一件で内々に訴えをおこした張本人なのだろう。

もちろん、詮索することでもないので、蔵人介は黙っていた。

「唯七、五菜の甚吉なる者も事情に通じておるのであろうな」

「はい。五菜株を買って七ツ口詰めになったばかりですが、剽軽《ひょうきん》さが売りの男で、周囲にうまく溶けこんでおります。疑われる恐れはまず、ありますまい」

五菜とは位の高い女官に年二両二分で雇われた部屋付下男のことで、主人の実家への連絡や精米の手配、諸々《もろもろ》の買物などをおこなう。筆頭年寄になると何人もの五菜を抱え、五菜を束ねる親五菜などもいる。役得が多いために、五菜株は高値で売買されていた。

「ほかに内通者は」

「おりませぬ」

「心細いな」

何気なく漏らすと、可奈がきっと睨みつけた。

みかけとはうらはらに、勝ち気な性分のようだ。

蔵人介がためらっていると、唯七は痺《しび》れを切らすように語りだした。

「お殿さま、こたびの不審事についてはどのあたりまでご存じで」

「ほとんど知らぬ」

「なれば、お説き申しあげましょう。ほとけになった御末は町家《まちや》出身の八重滝《やえたき》、桐壺《きりつぼ》、関《せき》の戸《と》の三人。御台所様の網代駕籠を担ぐ御駕籠衆で、いずれも五尺五寸を超える大女にござります」

駕籠衆にはからだつきの大きな御末が選ばれる。十人一組でひとつの駕籠を担ぎ、柳営《りゅうえい》の葉竹模様をあしらった揃いの仕着《しきせ》を纏《まと》う栄誉に与《あずか》った。

三人の遺骸は奥御膳所東の片廊下にある炭部屋でみつかったという。

「正月七日巳《み》ノ刻頃、恒例の御鏡餅《おかがみもち》曳《ひ》きの儀《ぎ》がおこなわれている最中、御広敷向の雑用をする黒鍬者《くろくわもの》のひとりが気づいたものの、騒ぎが大きくなるのを慮《おもんぱか》って組頭にそっと告げたのです」

組頭からさらに、御広敷の守りを仕切る御広敷番頭《ばんがしら》の葛城玄蕃《かつらぎげんば》に報告された。

そののち、大奥の月番《つきばん》年寄の花岡《はなおか》と表使の村瀬、御末頭の柏木《かしわぎ》、それに奥医師の伊東仁斎をくわえた四人の立ちあいで、極秘裡に検屍がおこなわれたのだ。

「御末たちはみな、半裸で絡みあうように死んでおりました。炭部屋には丸火鉢で暖められた温《ぬく》もりがまだのこっており、死臭というよりも甘酸っぱいような匂いに充たされておったとか」

「甘酸っぱいような匂い」

「汗と蜜液と阿芙蓉の入りまじった匂いにございます。御末どもは阿芙蓉を吸引しつつ、不埒にも淫蕩《いんとう》に耽っておったようで」

奥医師の仁斎が詳しく調べたところによれば、三人の膣《ちつ》内から精汁《きじる》の残滓《ざんし》がみつかったという。

「男がおったのか」

「はい」

ひとり以上の男が、炭部屋での淫行にくわわっていたことになる。

蔵人介は驚きを禁じ得ず、可奈のほうをちらりとみた。

十九の娘は顔色ひとつ変えず、唯七のはなしに聞き耳を立てている。

「ご存じのとおり、大奥は男子禁制の迷宮。まっさきに疑ってかかるべきは、鏡餅を曳きずった連中にござりましょう」

大奥へはこの日、全国の大名家から紅白の鏡餅が届けられる。女の膂力《りよりよく》では運ぶことができない量なので、黒鍬者たちが応援に寄こされ、鏡餅運びをやらされた。

大奥の女中たちは終日、逞《たくま》しい男衆《おとこし》を飽きもせずに眺めつづける。

鏡餅曳きはいつしか、お供え曳きという恒例行事になりかわった。

「黒鍬者でないとすれば、中奥の御台所衆という線もござります」

「ははあ、なるほど」

御末たちの遺骸がみつかった前日の六日夜、大奥内では七草囃子《ななくさばやし》の男踊りがおこなわれていた。水汲みなどの辛い役目を担う下級女中たちを慰めるべく、台所方の御家人たちが女装し、女中部屋の囲炉裏端に台所道具を並べながら踊りまわるのだ。

七草囃子の男踊りは、上役連中からも黙認されている慣習だった。

しかし、台所方の御家人ならば、蔵人介の知らぬ顔はない。

ざっとおもいうかべても、不埒な行為におよびそうな人物はいなかった。

いずれにしろ、三人の遺骸から刃物の金瘡や扼殺《やくさつ》などの痕跡はみつからなかった。

検屍にあたった伊東仁斎によれば、御末たちの死は一粒金丹を多量に摂取したことで引きおこされたという。しかし、仁斎の看立《みたて》はあきらかに誤りで、大量の阿片を吸引したことによる中毒死にまちがいなかった。

女たちと交合《まぐあい》におよんだ男はいったい誰なのか。その男が阿片の調達に関わっていたのかどうか。今は判然としない。ただ、三人の死が羽目をはずして乱交におよんだあげくの出来事であったとは考えにくい。

今や、阿片は大奥の一部を蝕みつつあるのではないかと、蔵人介は案じていた。かりにそうであるならば、第二、第三の犠牲者が出てもおかしくはない。

「お殿さま、おまかせくだされ。わたくしめが探ってまいります」

可奈は凛《りん》とした声で言いきり、両手を畳についた。

初対面にもかかわらず、蔵人介は実の娘を虎穴《こけつ》へおくりだす気分だった。

三

第二の犠牲者は、すでに出ていた。

炭部屋で三人の御末が亡くなってほどなく、小夜《さよ》という中﨟《ちゅうろう》に傅《かしず》く女中がひとり、不審な死を遂げていたのだ。

月番年寄の花岡《はなおか》が責めから逃れるため、箝口令を布いただけのはなしだった。

無論、小夜の部屋方で知らぬ者はなく、噂は漣のようにひろまりつつある。

可奈が大奥へあがって、二日経った。

庭の片隅には雪解けを待ちかね、片栗《かたくり》が紅紫色の可憐な花を咲かせている。

蔵人介は縁側の陽だまりに胡座をかき、足の爪を研いでいた。

落ちつかない気分でいるところへ、串部が深刻な顔であらわれた。

「可奈の調べによれば、ほとけは長局二の側の布団部屋でみつかったそうです」

女中は全裸で白目を剝き、仰《の》けぞるように硬直していた。しかも、右手に水牛《すいぎゅう》の角《つの》を握りしめていたという。

「水牛の角」

「陽物《ようぶつ》にみたてた張形《はりがた》にござります。御殿女中には黒光りした水牛の角が喜ばれるそうで」

「丸薬は」

「みつかりました。その角のなかから」

「水牛の角に器の役目をさせたのか。阿芙蓉の丸薬を秘かに大奥へもちこむ手管なのかもしれぬ」

「なるほど、そこまでは考えおよびませなんだ。いずれにしろ、女中は独《ひと》り寝《ね》の楽しみに耽り、そのまま昇天したやに推察されます」

「男の影はなしか」

「可奈もそこまでは探りきれなかったようで。御中臈の部屋内で起こった不審事ゆえ、奥医師にもお呼びはかからず仕舞い。哀れな女たちの死は、闇から闇へ葬られた観がありますな」

不審死を遂げた女たちは、いずれも病死扱いとされた。

遺骸をおさめた棺桶は、その日のうちに親類縁者へさげわたされたという。

「われらの知らぬところで、似たような不審事が起きているのかもしれぬ」

「殿、何者かが阿芙蓉の蔓延《まんえん》を狙っておるのでしょうか。だとすれば、いったいなんのために」

「金さ」

ただでさえ、媚薬、腎張り薬のたぐいは金になる。阿芙蓉、つまり阿片ともなれば、どれだけ高価な品であろうと買い手はつく。奥女中たちは抑圧されているぶん、性への欲求が烈《はげ》しい。阿片が蔓延しやすい環境にある。ひとたび毒に冒された者は地獄の淵を這《は》いずりまわり、生半可《なまはんか》なことでは生き地獄から逃れられなくなる。

「やがて、御殿女中たちは金のつづくかぎり、毒を求めてやまぬようになる」

と、蔵人介は暗い行く末を予見する。

「そうなってしまえば、女中たちは悪党どもの意のまま。命じられれば、金持ち相手に春をもひさごうとするであろう」

「悪党の利益は膨らむばかりでござりますな。されど、このたび不審死を遂げた女たちはみな、身分の低い町娘の出にござります。この点は、どう解釈いたせばよろしいのでしょう」

「敵は狡猾《こうかつ》にも丸薬の効果をたしかめておるのだ」

一定の目処《めど》がつけば、阿片はときをおかず、御目見得以上の女官たちのもとへも浸透してゆくにちがいない。

「悲劇はこれからが本番だと」

「そうならぬよう、敵の尻尾を摑《つか》まねばなるまい」

「殿、いまひとつ、大事なことを申しあげねばなりません。御末の御駕籠衆でひとり、宿下がりを申しわたされた者がおります」

「ほほう」

女の名は梅路《うめじ》、炭部屋で不審死を遂げた三人の同僚で、松明けに体調をくずし、実家へもどされていた。

「可奈が小耳に挟んだところでは、気鬱《きうつ》の病《やまい》に冒されておるとか」

「気鬱か、怪しいな」

「梅路なる女、何か知っておるやもしれませぬ」

「実家はどこだ」

「瘤寺《こぶでら》の裏手」

「近いな。よし、訪ねてみるか」

「御自らお出ましになられるので。なれば、宿駕籠を手配いたしましょう」

「無用だ。陽気もいいし、散策がてらまいろうぞ」

面食らう串部を供にしたがえ、蔵人介は嬉々《きき》として歩みはじめた。

左手にうねうねと連なるのは尾張《おわり》屋敷の海鼠《なまこ》塀、正面からは西陽が射しかけてくる。

蔵人介は長柄刀の藤源次助眞を腰に帯び、なだらかな坂道をのぼっていった。

平常ならば尾張邸の先で左手に折れ、合羽《かっぱ》坂から津守《つのかみ》坂へむかう。美濃高須《たかす》藩主松平《まつだいら》摂津守《せっつのかみ》の屋敷へお邪魔し、王子《おうじ》名主《なぬし》の滝や目黒《めぐろ》不動の滝とならんで有名な津守の滝を拝ませてもらうのだ。

そののち、瘤寺門前の坂をくだって甲州《こうしゅう》街道まで足を延ばし、街道沿いの太宗《たいそう》寺《じ》で閻魔像に謁《えっ》してから帰ってくるというのが、蔵人介の好きな散策路であった。

これといった目途《もくと》もなく、ぶらぶらすることが楽しい。

今日は訪ねる相手のあるせいか、景色がいつもとはちがってみえる。

瘤寺というのは尾張家に因《ちな》む自證院《じしょういん》の通称で、堂宇《どうう》の柱に節や瘤の目立つ木材が多く使用されたところからこう呼ばれる。

蔵人介は自證院門前を通りすぎて左手に曲がり、禿《かむろ》坂をくだりはじめた。

禿坂なる呼称は、坂下にある河童《かっぱ》池で水遊びをする幼童たちの髪型に由来する。

梅路という御末の実家は、河童池のほとりにあった。

招牌《まねき》に『砂村屋《すなむら》』とある。

どっしりとした見世の構えをみてもわかるとおり、かなりおおきな青物問屋《あおものどんや》だった。

背後に内藤新宿《ないとうしんじゅく》という繁華な宿場を抱えているので、このあたりには食品を扱う問屋が多い。

「主人の清吉《せいきち》は振売《ふりう》りから身代《しんだい》を築きあげた苦労人です。正直者でなかなか評判のいい男でしたが、一人娘のお梅《うめ》を大奥奉公へ出すために湯水のごとく金をつかい、仲間から大いに顰蹙《ひんしゅく》を買ったと聞いております」

町娘にとって、大奥づとめは憧れだ。のぞんでも、おいそれと千代田城の奥座敷へあがることはできない。たとい、水汲みや駕籠担ぎをやらされる御末であっても、町娘の憧れる奥女中に変わりはないのだ。

梅路ことお梅の父親は賄賂を駆使し、ようやくにして愛娘の女中奉公を実らせた。ところが、奉公の年月もまだ浅いというのに、娘は気鬱の病なる理由で体《てい》よくお払い箱にされた。

さぞや、肩を落としているにちがいない。

それでも、まだ娘の命があっただけましだなと、蔵人介はおもった。

「殿、まいりましょうか」

「ふむ」

串部は大奥御広敷からの使者と偽り、帳場に座る番頭にお梅との面会を求めた。

ほどなくして奥からあらわれたのは、鶏がらのように痩せた中年男だった。

「手前が父親の清吉でござります」

告げられるまでもなく、すぐにそれとわかるほどの憔悴《しょうすい》ぶりだ。

「娘はひと月余り床もあげられぬ始末。本日のところは平にご容赦を」

「門前払いか」

「……と、とんでもございませぬ。ささ、奥へどうぞ」

娘には会わせられぬが、接待のほうはきっちりやるということらしい。

「なれば、おことばに甘えよう」

図々《ずうずう》しくも言いはなち、蔵人介は草履を脱いだ。

窓辺から池を望む奥座敷には、すぐさま酒肴《しゅこう》が支度された。

清吉は娘のことにはいっさい触れず、窶《やつ》れきった顔で酌をしつづける。

そのうちに置屋《おきや》から芸者衆が呼ばれ、酒席は華々しいものに変わった。

日は西にかたむきかけているものの、外はまだ充分に明るい。

家で待つ志乃や幸恵に申し訳ない気もするが、明るいうちから芸者の酌で呑む酒は格別だった。

「ご主人、ちと聞きたいことがある」

「へ、何でござりましょう」

「われらのほかにも、お城から訪ねてきた者があったはずじゃ。その者の名を教えてくれぬか」

ぎくっとする清吉に盃を持たせ、蔵人介は酌をしてやった。

「どうした。口止めでもされておるのか」

図星《ずぼし》のようだ。

清吉は畳に額《ぬか》ずき、声を震わせた。

「何卒《なにとぞ》、ご勘弁ください」

「謝られても困るな。わしはただ、訪ねてきた者の名が知りたいだけだ」

芸者たちは緊迫した空気を読み、そっと部屋から出ていった。

串部は渋い顔で盃をかさね、沢庵《たくあん》をぽりぽり齧《かじ》っている。

――ぐひぇええ。

突如、怖気《おぞけ》立つような咆哮《ほうこう》が耳朶《じだ》に飛びこんできた。

と同時に、騒々しい跫音《あしおと》が廊下の隅から迫ってくる。

串部は同田貫を取り、片膝立ちで身構えた。

「ふええ」

清吉は白髪頭を両手で抱え、畳のうえに蹲《うずくま》っている。

蔵人介は盃を右手にしたまま、石のように動かない。

刹那、四枚襖《ふすま》が左右に開き、獣じみた半裸の生き物が躍りこんできた。

「お梅か」

そうなのだろう。が、蔵人介の眼前に立つ生き物は、人であって人ではない。

蒼白《あおじろ》い般若《はんにゃ》面を顔に貼りつけ、幽鬼《ゆうき》のように痩せほそった化け物にほかならなかった。

「あれが……あれが、娘にござります……お、大奥へ御奉公に出したばっかりに、あのように変わりはて……う、うう」

清吉は我慢できず、嗚咽《おえつ》を漏らした。

お梅は襖と障子を片端から破り、仕舞いにはみずからの髪の毛も掻きむしるや、血だらけになって喚《わめ》きあげ、廊下を風のように駆けぬけていった。

串部は口をぽかんとあけ、お梅の後ろ姿を目で追った。

清吉は震えながら、ぽろっとある人物の名を吐く。

「気鬱でも狐《きつね》憑きでもない……じ、仁斎さまが、そう、仰せになられました」

「仁斎、奥医師の伊東仁斎か」

「は、はい。娘は、御禁制《ごきんせい》の渡来薬のせいでああなったのだと」

仁斎はひとりごち、お梅の様子をじっくり観察しつづけたという。

権威ある奥医師が御末の実家を訪ねてくること自体、いかにも怪しい行為ではあるまいか。ともあれ、蔵人介は阿片の中毒症状を目《ま》の当たりにし、事の重大さを改めておもいしらされた。

もはや、お梅は死を待つのみ。愛娘をあのようにされた父親の心痛は察するにあまりある。

咆哮も嗚咽もやみ、池畔《ちはん》は静寂にとりつつまれた。

窓外に目をやれば、夕照が河童池を血の色に染めていた。

四

奥医師伊東仁斎の豪奢《ごうしゃ》な屋敷は、半蔵御門のみえる麴町一丁目にあった。

大身の旗本なみに棟門を構え、屋敷の周囲に築地塀をめぐらせている。

「さすが、薬礼《やくれい》千両の御匙でござりますな」

串部が大仰《おおぎょう》に驚いてみせるだけのことはあった。

仁斎は公方の手脈《みゃく》に触れることのできる数少ない奥医師、大名に請《こ》われて脈をとれば、黙っていても盆暮れに千両ずつの薬礼が届けられるという。

外見は小太りの好々爺《こうこうや》で、物腰もやわらかい。だが、権力欲は人一倍強く、医師最高位の法印《ほういん》を狙っているとの噂もあった。

串部は眸子《まなこ》を潤ませ、昨日目にしたお梅のことをまた口にする。

「お梅は大奥奉公に誇りを感じ、辛い役目も厭《いと》わずにはたらいておったとか。まかりまちがっても淫蕩に耽るような娘ではなかったと、清吉も涙ながらに訴えております。きっと何者かの手で薬漬けにされ、あのような惨いすがたにさせられたのでしょう……ぐすっ」

「おぬし、存外、涙もろい男だな」

「お梅は哀れな娘にござります。殿の仰るとおり、仁斎はいかにも怪しい。阿芙蓉の効き目をたしかめるべく砂村屋を訪れたのだとすれば、かならずや黒幕と繋がっているに相違ござりませぬ」

「きめてかかるのは早計だが、たしかめてみる価値はある。されど、相手は百戦錬磨の御匙、一筋縄ではゆかぬさ」

「何か策がおありのようで」

「さあて、策と呼べるものかどうか」

蔵人介は薄く笑い、串部に命じて門を敲《たた》かせた。

すでに来訪の意向は告げてあったので、門前払いを食わされることはなかった。

だが、串部と別れて客間に通されてからは半刻余りも待たされ、いよいよ痺れを切らしたころ、ようやく仁斎があらわれた。

頭を青々と剃りあげ、鬱金《うこん》色の紋無し羽織を纏っている。

親しいというほどではないものの、まったく知らぬ仲ではない。

いつもの福々しい顔が、悠揚《ゆうよう》と笑いかけてきた。

「これはこれは鬼役どの、よくぞお越しくだされた。御城内にてお顔はよくお見掛けしますが、じっくりおはなしする機会もない。御匙は朝夕に上様のお脈をおとり申しあげ、鬼役どのは三日に一度、上様のお口になされるものを食される。どことのう、似かよった役割にも感じられるが、いかがであろうか……そうそう、いつぞやか一粒金丹のお毒味をお願い申しあげたことがござったな。あれは何年前であったか。さよう、かれこれ二年ほどになりますか。おもえばあのとき以来、まともにご挨拶もしておらぬ」

立て板に水のごとく喋り、仁斎は冷めた茶を啜った。

蔵人介が呑まれたように黙ると、単刀直入に問うてくる。

「それで、本日は何用でまいられた」

「じつは由々《ゆゆ》しき噂を小耳に挟みまして。なんでも、大奥のお女中があいついで不審な死を遂げたとか。伊東さまなれば、詳しい経緯をご存じではないかと」

「なぜ、わしが」

「遺骸を検分なされたと聞いております」

「いかにも。なれど、鬼役どのが経緯を知ってどうする」

「ふふふ」

「何が可笑《おか》しい」

「じつを申せば、不審事そのものはどうでもよい。女体を悦楽へみちびくという丸薬に興味がござってな」

わずかな静寂を破るように、庭の四十雀《しじゅうから》が鳴いた。

上座の仁斎は瀬戸壺を引きよせ、ぺっと痰《たん》を吐く。

「意味がわからぬ。おぬしはいったい、何が言いたいのじゃ」

「恐いお顔をなされますな。伊東さまは、遺骸の側にあった丸薬を一粒金丹ときめてかかられたとか……なにゆえでござる。あるはずのない丸薬が落ちていたので、その場を取りつくろう必要でもござりましたか」

「ぬわにっ」

「まあ、お聞きくだされ。なるほど、丸薬は一粒金丹によく似ておりました。なれど、中身はまったくの別物。摂取の仕方によっては、いとも簡単に女官の貞操《ていそう》を打ちくだく媚薬となりかわる。ふふ、とある筋から丸薬を手に入れ、その道に詳しい者にじっくり調べさせたのでござるよ」

蔵人介は不敵に笑い、一枚の懐紙を取りだした。

懐紙をひらくと、鼻糞のような丸薬が畳に転がった。

仁斎は丸薬を拾いあげ、こちらをきっと睨みつける。

「伊東さま、それは阿芙蓉を固めた代物。薬材をつぶさに知る調合の玄人《くろうと》でなければ、そこまで精巧な丸薬をつくることはできませせぬ」

「おぬし、わしを疑っておるのか」

「とんでもない、拙者は憶測を喋っておるだけ。ゆくゆくは法印になられる伊東仁斎さまともあろうお方が、大奥じゅうに珍妙な媚薬をばらまいておられる……などといった噂が立たねばよいがと、秘かに案じておる次第」

「わしを脅す気か」

「ご安心なされませ。わたしめが口を噤《つぐ》めば噂はひろまりませぬ」

「根も葉もない絵空事《えそらごと》に、口止め料を払えと」

「御意《ぎょい》」

仁斎の目つきが変わった。

憤怒《ふんぬ》と猜疑《さいぎ》の入りまじった眼光だ。

床の間には「仁」と大書された軸が掛かっている。

医師としての自戒であろうが、偉そうな御匙の顔と「仁」の一字はあまりにもかけはなれていた。

「くふ……くふふ」

仁斎はひらいた扇子を口に当て、震えるように笑いだした。

「矢背蔵人介。地味で寡黙な鬼役と高《たか》をくくっておったが、とんだ食わせ者であったわ。おもしろい。ちなみに聞いておこうか。いくらほしい」

「御膳奉行は奉行とは名ばかりの小役人、あればあるだけ助かります」

「金額を申せ」

たわけではない。


「なれば、三千両ほど」

「けっ、守銭奴《しゅせんど》めが」

仁斎は熱しやすい性分なのか、迂闊《うかつ》にも蔵人介の投じた罠《わな》に掛かった。

ただし、疑念はいっそう深まったものの、真の悪党かどうかの確証が得られたわけではない。

あとは御匙の出方次第、蔵人介は早々に屋敷から追いだされた。

五

外に出ると、つきしたがう串部が意味ありげに笑いかけてきた。

「蠅《はえ》でも払うように追いだされましたな」

「仕方あるまい、あれだけ怒らせたのだ」

「思惑どおり、ということになりましょうか」

「さあて、うまく誘いに乗ってくれるかどうか」

「五分五分でござりますな」

ふたりは迷路のような番町を避け、まっすぐ四谷《よつや》御門へ向かった。

ちょうど入相刻《いりあいどき》となり、薄闇があたりを包んでいる。

視界はおぼろで、辻に立つ用水桶と人影をみまちがうほどだ。

蔵人介は黙々と歩《ほ》をすすめ、四谷御門を抜けて濠端を市ヶ谷方面へむかった。

時折、ぎっぎっ、と櫓《ろ》の音が近づいてくる。

耳を澄ませば、釣り人が竿を振る音も聞こえてきた。

さきほどから、何者かの気配が纏わりついている。

「殿」

「ああ、わかっておる」

足を止めると、濠端に植わった枝垂《しだ》れ柳の陰から、ふらりと人影があらわれた。

鞣革《なめし》の陣羽織に伊賀袴という異様な扮装《いでたち》、三尺（約九一センチ）余りの直刀を背負った大柄の男だ。総髪《そうはつ》の左右には、尖った両耳が立っている。

「待て」

耳の尖った男は低く吐いた。

「矢背蔵人介だな。鬼役づれがなにゆえ、御匙に脅しをかける」

「見も知らぬ相手に誰何《すいか》されるおぼえはない。おぬしは何者だ」

「名を知ったら、生きては帰れぬぞ」

「最初《はな》からその気であろうが」

「肝だけは据わっておるようじゃな。よし、名乗ってやる。わしは木葉木菟《このはずく》の重《しげ》蔵《ぞう》」

綽名《あだな》のとおり、長い耳は木菟《みみずく》のもつ羽角《うかく》のようだ。

「おぬし、御広敷の伊賀者《いがもの》か」

「かもしれぬ」

「伊賀者が金に転び、刺客に堕ちたというわけだな。誰に飼われた。仁斎ではあるまい。おぬしらの背後には、もっと大物がおるはず」

「無駄な喋りは仕舞いじゃ」

重蔵と名乗る男は、さっと右手を振りあげた。

刹那《せつな》、どこからともなく、いくつもの人影があらわれた。

柿渋《かきしぶ》色の筒袖《つつそで》を纏い、気儘《きまま》頭巾で顔を隠した連中だ。

「殿。五、六人はおりますぞ、逃げますか」

「逃げる。無理を申すな」

蔵人介と串部は囲まれ、徐々に追いつめられた。

逃げるとすれば、背中に抱えた濠に飛びこむしかない。

「背水の陣のつもりか」

ふんと、重蔵は鼻を鳴らす。

どうやら、蔵人介が居合の達人であることを知らぬらしい。

「串部。相手は伊賀者。抜かるなよ」

「お任せを」

言うが早いか、串部は動いた。

低い姿勢から同田貫を抜き、抜き際の一撃で伊賀者の臑《すね》を刈る。

「ぎゃっ」

臑が輪切りにされるや、影どもが弾けるように飛びのいた。

「遅いわ」

串部の研ぎすまされた刃が、怯《ひる》んだ敵に襲いかかる。

ふたりが脆《もろ》くも斬られ、血まみれで道端に転がった。

「莫迦者、鬼役を狙え。引導《いんどう》を渡す相手は鬼役じゃ」

重蔵に煽《あお》られ、ふたつの影が中空へ飛んだ。

やにわに、棒手裏剣《ぼうしゅりけん》が投擲《とうてき》されてくる。

「ふん」

蔵人介は助眞を抜きはなち、手裏剣をすべて弾き落とした。

「なにっ」

驚愕《きょうがく》する重蔵の眼前で、ふたりの手下がやつぎばやに斃《たお》れていく。

残る手下はひとり、蔵人介は助眞を八相の構えから車《しゃ》に落とした。

「とあっ」

がらあきになった胴を狙い、手下が中段から突きかかってくる。

しかし、相手が悪すぎた。

蔵人介は踵《かかと》を軸に反転し、突きを躱《かわ》すや、手下の腹を擦りつけに薙《な》ぐ。

「ほげっ」

ふたつにされた胴が、すっと斜めにずり落ちた。

噴きあがる血飛沫《しぶき》の向こうに、重蔵の強張《こわば》った顔がみえる。

ただし、手下をすべて失っても、満々たる自信は失っていない。

「ほほう、鬼役づれがそれほどの手並みとはな。油断したわ」

重蔵は殺気を漲《みなぎ》らせ、三尺の直刀を抜きはなつ。

蔵人介は風圧を肌で感じ、じりっと後退《あとじさ》った。

あきらかに、雑魚《ざこ》どもとは力量がちがう。

「殿」

串部が咄嗟に躍りこみ、重蔵の臑を狙った。

「莫迦め」

重蔵は喚き、二間《けん》余りも跳躍する。

串部の刃は空を斬った。

「もらったあ」

幅広の直刀が刃風を唸らせつつ、串部の頭上へ逆落《さか》としに振りおろされてくる。

「うぐ……っ」

串部は頭をずらした。

躱しきれず、ずばっと肩を斬られる。

夥《おびただ》しい鮮血を散らし、地べたに片膝をついた。

「覚悟せい」

蹲る串部の脳天へ、とどめの一撃が振りおろされる。

これまでかと、おもいきや。

重蔵の頭蓋が、横薙ぎに吹っとんだ。

「えっ」

死を覚悟した串部は、呆気《あっけ》にとられた。

音もなく迫った蔵人介の影が、悄然《しょうぜん》と佇《たたず》んでいる。

木葉木菟の重蔵は脳漿《のうしょう》をぶちまけ、仰向《あおむ》けにひっくりかえった。

「……と、殿」

「おう、生きておるか」

蔵人介が肩を抱きあげてやると、串部は無理に笑顔をつくる。

「ざっくりやられました」

「どれ。ふむ、肩口を斬られたな」

「拙者は……も、もう、だめです」

「喋るでない。血が溢《あふ》れでるぞ」

「この身を……ほ、濠へ、捨てていってくだされ」

「何を抜かす。これしきのことで死ぬわけがなかろう」

蔵人介は手拭いを裂き、串部の肩をきつく縛って止血した。

「おぬしの肩は蟹の甲羅のごとく堅い。安心いたせ、骨は無事じゃ」

「……さ、さようでござりますか」

すっかり力の抜けた串部のからだを、蔵人介はひょいと背負いあげた。

「うわっ……な、何をなされます」

「騒ぐな。近くに知りあいの金創医《きんそうい》がおる。そこまでの辛抱じゃ」

「殿……お、降ろしてくだされ……ご、後生でござる」

串部は死にそうな声で懇願し、そのまま意識を失った。

六

御台所を除けば、大奥では年寄だけが奥医師の診察を受けることができる。

蔵人介が伊東仁斎のつぎに怪しいと踏んだのは、月番年寄の花岡だった。

花岡は仁斎をかかりつけにしている。お美代の方の局《つぼね》をつとめたこともあり、碩翁とも密接に繋がっていた。自他ともに認める大奥の実力者にまちがいなく、鬼役が面とむかってはなしのできる相手ではない。

ここはひとつ、可奈の探索に賭けるしかなかった。

串部の金瘡はさほど深傷《ふかで》ではなかったが、二、三日の養生は必要とのことだった。

動けるようになるまでは、小間物屋に化けた唯七と直《じか》に連絡をとりあわなくてはならない。

釈迦入滅《しやかにゆうめつ》の涅槃会《ねはんえ》も近づいたころ、ふたりは佐賀町の油問屋『美濃屋』で落ちあった。

蔵人介のほうが一刻《いっとき》（二時間）ほど早く到着し、早蕨《さわらび》の煮付けと鯵《あじ》の一夜干しで富士見酒を飲《や》っているところへ、血相を変えた唯七が駆けこんでくる。

「矢背さま、とんでもないことになりましたぞ」

表使の村瀬に五菜として仕えていた甚吉が、用事を申しつけられて外出のおり、何者かに斬殺された。相前後して村瀬は急病で床に臥《ふ》し、可奈のすがたまでが長局から消えてしまったというのだ。

「可奈の正体がばれたのか」

「は、おそらくは」

かような失態を招いた原因は花岡への探索だ。きっと花岡は悪党の一味にちがいないと、唯七は奥歯を嚙みしめる。

「甚吉は手練《てだれ》にござりました。それがいとも簡単に殺られたとなれば、やはり、御広敷の伊賀者が動いたとみるべきでしょう。と申しますのも、番頭の葛城玄蕃に不穏な動きがござります」

「不穏な動き」

「ほかならぬ、矢背さまの周辺をしきりに探っておるようで。おぼえはございませぬか」

「ある。ここへ来るまでも妙な影につきまとわれてな、途中でまくのに苦労させられたわ」

「さようでございましたか」

「いずれにせよ、葛城玄蕃は仁斎と繋がっておるのだな」

「そういうことになります。ただし、可奈がわれわれの間諜《かんちょう》とまでは気づいておりますまい」

「なぜわかる」

「大奥のどこかに軟禁され、惨い拷問を受けようとも、可奈はけっして口を割りませぬ。耐えに耐え、仕舞いには舌を嚙むでしょう。そうやって訓練されております」

「阿芙蓉を使われたらどうする。口を割らぬという保証はなかろう」

「ぬう」

唯七も阿片中毒の実態を知るだけに、蔵人介の指摘には黙らざるを得ない。

「おぬしの身も危ういぞ」

「逃げろと仰るので」

気色《けしき》ばむ唯七を制し、蔵人介はにこっと笑いかけた。

「誰が逃げろと言うた。一刻も早く、可奈を救いださねばなるまいが」

「え、そうしていただけるのでござりますか」

「あたりまえだ。可奈を死なせるわけにはいかぬ。唯七、誰にも知られずに大奥へ潜りこむ手はないか」

「矢背さまが、でござりますか」

「ほかに誰が行く」

「は」

しばらく思案したあげく、唯七はぽんと膝を叩いた。

「ひとつ、方法がござります」

「申してみよ」

「塵箱爺《じんこじじい》に化けていただきます」

「なんだと」

塵箱とは、大奥の部屋ごとに置かれた三角形の箱のことだ。これを下っ端の御末が廊下に出しておくと、庭で草むしりをしている老人が回収にやってくる。

この老人、すなわち塵箱爺は、大奥では「下男《しもおとこ》」と呼ばれ、空気のようなものだが、待遇は十俵一人扶持《ぶち》の御家人なみであった。冬場の辛い井戸汲みを手伝ってやったりもするので、御末たちには重宝《ちょうほう》がられ、正月の十七日には麦団子の差し入れなどの恩恵もある。

唯七によれば、長局には通いの塵箱爺が何人か雇われており、うまく化ければ紛れこむことができるかもしれぬという。

「きめられた時刻になったら塵箱を集めてまわり、空の炭俵に塵《ちり》だけを詰め、三角の箱はもとにもどす。たったそれだけの役目にござります。役目が終われば見まわりの隙《すき》を盗み、大奥じゅうを探索できましょう」

「そうは言っても、わしはまだ四十三ぞ。還暦を過ぎた男に化けられるかのう」

「おまかせくだされ。手前はこうみえても七化《ななば》けの異名をとる乱破《らっぱ》の末裔《まつえい》。青侍《あおざむらい》をよぼよぼの爺に仕立てあげることもできます」

「ほう」

以前から不思議におもっていたことだが、長久保加賀守という人物は妙な連中を飼っている。臑斬りを得手とする串部六郎太もしかり、「七化けの唯七」も大奥へ潜入した可奈も、なみの輩ではない。

詳しい素姓を質したことはないが、親の代から仕えているのではなく、金で雇われた連中にまずまちがいなかった。

そのわりには義理堅いところがあると、蔵人介は感じている。

以前、串部にそれとなく聞いたことがあった。

――なにゆえ、加賀守さまに忠誠を誓うのか。

串部はぽつりと、つぶやいてみせた。

――止まり木に止まる鳥のように、確乎《かっこ》とした寄辺《よるべ》を探しておるのでござる。

当然のことだが、幕臣や藩士は禄を食《は》んで生きている。寄辺は将軍や藩主、あるいは厳格な上下の関わりそのものだ。ところが、二百有余年も泰平の世がつづき、侍の精神はあきらかに荒廃した。主従の関わりをつかさどる忠義や忠誠はあってなきかのごとくで、命を惜しまぬことを美徳とする精神のありようも変わった。一部の者は立身出世に奔走《ほんそう》し、多くの者たちは長いものに巻かれる生き方をよしとしている。

そうしたなか、一方では必死に寄辺を求める軽輩たちの姿もあった。

雀の涙ほどの給金で、可奈も唯七も役目に命を懸けているのだ。

「唯七よ」

蔵人介は、おもいきって質してみる。

「わしの斬った木葉木菟の重蔵は、金に転んだ伊賀者であった。乱破の末裔なら、おぬしにも別の生き方ができよう。なぜ、やらぬ。なぜ、薄給で飼われた雇い主なんぞに忠誠を誓う」

「辛いときに拾ってくれたお方のためには、命を賭してでもお役に立たねばなりませぬ。それは人としてあたりまえのこと。重蔵のごとき外道《げどう》になりたくなければ、その一線だけは守らねばならぬと、心にきめているのでござる。おそらく、可奈も同じ気持ちのはず」

唯七は辛そうな顔で、ぼそっとこぼす。

「矢背さま。可奈は手前の妹でござります」

「ん、そうであったか」

「お役目に差しつかえるため、串部さまにも黙っておりました」

「ふうむ。なればなおさら、一刻の猶予《ゆうよ》もならぬではないか」

「申し訳ござりませぬ」

唯七の手で、蔵人介は顔にさまざまな細工をほどこされた。

ほどなくして、還暦を疾《と》うに過ぎた皺顔の老爺《ろうや》に変わった。

七

塵箱爺たちの詰所《つめしょ》は、長局の端にある。

皺顔の老爺がひとり背中をまるめ、炭俵を重そうに抱えてあらわれた。

「へへ、爺さん。腰がふらついてっぞ」

与吉《よきち》という詰所の頭が、偉そうに声を掛けてくる。

「おめえ、名はなんといったっけなあ」

「へえ、捨三《すてぞう》でさあ」

「おう、そうそう、捨三なのにお役目は塵拾い。おもしろくもねえ駄洒落《だじゃれ》だぜ、けけ」

与吉もかなりの年輩者だが、捨三のほうが十も老けてみえる。

じつはこの老人、蔵人介の化けたすがただった。

唯七の手腕で顔つきが老けたばかりか、六尺（約一八二センチ）ちかくの体軀《たいく》さえも萎《しぼ》んでみえる。身なりは物乞い同然にみすぼらしいので、伊賀者に正体を見破られることもあるまい。

「捨三さんよ、もうすぐ暮れ六ツだなあ。退《ひ》けの太鼓が鳴ったら、帰《け》えってもいいぜ」

「へえ、そうさせていただきやす」

蔵人介はこの日、早朝から独楽鼠《こまねずみ》のように動きまわり、塵箱を集めながら可奈の居所を探った。

下働きの御末たちはみな親しげに声を掛けてくれ、どさくさに紛れていくつかの噂を入手できた。なかでも興味を惹《ひ》かれたのは、御殿向の片廊下に面した炭部屋のひとつから「夜な夜な女の啜り泣きが聞こえる」という怪談じみたはなしだった。

「そいつなら、おれも聞いた」

と、与吉が眉を顰《ひそ》める。

「ほんの三日ほど前《めえ》から、丑三《うしみ》ツ刻《どき》になると聞こえてくるのよ」

蜂の巣のように部屋が集まる大奥には、百年余りも使用されずに物置となっている部屋がいくつもあった。そのうちのひとつに幽霊が出ただの、凶事があって開かずの間になっているだのといった噂はいくらでもある。

ただ、このたびは炭部屋という点が奥女中たちを震えあがらせた。

「何せ、駕籠担ぎの御末たちがほとけになった部屋らしい。おお、恐っ、成仏《じょうぶつ》できねえ娘たちが啜り泣いているのさ」

「誰か調べてみた者は」

「御広敷の伊賀者が調べはしたがな、部屋には誰もいなかったとよ。そりゃそうさ、相手は幽霊だかんな」

確信は深まった。

炭部屋を幽霊部屋ということにしておけば、誰も近づく者はいない。

可奈を軟禁するには、もってこいのところだ。

蔵人介は退けの太鼓が鳴り終わるのを待ち、城外へ出るとみせかけて御殿向へ通じる暗がりへ潜んだ。

風体は塵箱爺、手には炭俵を抱えたままだ。

「寒いな」

啓蟄《けいちつ》から春分《しゅんぶん》に移行する季節とはいえ、まだ余寒はのこっている。

日中でも陽の射さぬ暗がりに潜んでいると、からだの芯まで冷えきってしまう。

日没から四半刻が過ぎ、あたりは漆黒の闇に閉ざされた。

各門には篝火が焚かれ、御殿や櫓の一部には燭花《しょっか》が灯《とも》されている。

点在する光がかえって敷地全体の暗さを深め、夜目《よめ》の利く者でも人影をみつけるのは難しい。

蔵人介は闇に紛れ、これまでの経緯を反芻《はんすう》していた。

一連のからくりに御匙や大奥年寄までが関わっているとすれば、狙いは単に金銭だけではあるまい。

複雑に絡みあう人と人との関わりを整理してゆくと、大奥の熾烈《しれつ》な権力争いが炙《あぶ》りだされてきた。

反目する勢力の一方は、才気煥発《かんぱつ》なお美代の方を扇の要《かなめ》とするものだ。お美代の方は家斉に気に入られて三人の女子をもうけ、お腹さまとなってからは御台所をもしのぐ権力者に成りあがった。中奥や表向においても、養父の碩翁や若年寄の林田肥後守を中心に一大勢力が築かれ、碩翁などは家斉の寵臣であることを鼻に掛けて政事に容喙《ようかい》する傲慢《ごうまん》さをもみせている。

対するもう一方は、西ノ丸派と呼ばれる勢力だった。

次期将軍家慶《いえよし》の生母お楽《らく》の方《かた》、ならびに、家慶の世嗣《せいし》政之助《まさのすけ》の生母お美津《みつ》の方《かた》を中心とするもので、この勢力は御台所である家斉の正室茂姫《しげひめ》と蜜月の関わりにある。

双方をくらべてみると、御台所を神輿《みこし》に担いだ後者の勢力に分《ぶ》があると考えがちだが、あにはからんや、大奥内の勢力図は均衡しており、年寄中﨟《ちゆうろう》から御末にいたるまで二手に分かれて張りあっているというのが実状だった。

争いの原因は、すべて家斉に帰する。

同い年の正室を遠ざけ、取っ替え引っ替え四十人もの側室をつくった。若い時分は吹上《ふきあげ》御庭に吉原《よしわら》の妓楼《ぎろう》とも見紛う御殿を建てさせ、奥女中たちを遊女にみたてて遊興に耽ったともいう。よほど将軍の座布団は居心地がよいのか、在位四十有余年を数えるいまも政権移譲の意向を毛ほどもみせていない。

西ノ丸で根が生えたように待ちつづける家慶は齢三十九となり、自分の世嗣までもうけてしまった。

世嗣の政之助は、病弱との風評もある。

次期政権は短命に終わるという憶測が飛びかうなか、当然のように、家慶のつぎの将軍職を狙う動きが水面下で蠢《うごめ》いていた。

詰まるところ、大奥の権力争いとは継嗣《けいし》争いなのだ。

昨年の暮れ、加賀前田《かがまえだ》家へ嫁いだお美代の方の長女溶姫《ようひめ》が男子を産んだ。犬千代《いぬちよ》丸《まる》と命名された幼い孫を将軍世嗣にせんとすべく、お美代の方は各所へ働きかけをはじめたとも聞く。

相対する御台所にしても、家斉の寵愛を失って久しいとはいえ、そもそもは薩摩《さつま》の名君島津重豪《しまづしげひで》の愛娘にほかならない。近衛《このえ》家の養女となって輿《こし》入れしたものの、心底には薩摩人の剛直な気風を備えている。側室の分際で我が物顔に振るまう女を、いつまでも野放しにさせておく気はなかろう。

そうした背景のなか、奥女中があいついで不審死を遂げるという由々しき事態が勃《お》こったのだ。

蔵人介も、けっして無関心ではいられない。

この一件の探索を命じた長久保加賀守が、西ノ丸派に色分けされているからだ。月番年寄の花岡と御匙の伊東仁斎は、お美代の方の一派に属している。大奥の警備を統轄する葛城玄蕃、さらにまた、葛城の上役にあたる本丸留守居の稲垣主水《いながきもんどの》丞《じょう》も同派に色分けされていた。

一方、表使の村瀬は中間の立場をとりつつも、どちらかといえば御台所寄りだ。炭部屋で死んだ三人の御末と生ける屍《しかばね》と化したお梅は、御台所の駕籠《かご》担《かつ》ぎであった。

布団部屋で死んだ女中は小夜の方に仕えていたが、小夜の方も御台所付きの中﨟にほかならない。しかも、小夜の方は、西ノ丸のお楽の方やお美津の方との橋渡し役として知られていた。

要するに、一連の出来事は西ノ丸派の切りくずしを狙った画策と考えられなくもない。みずからの威勢を保持せんがために阿片を利用したのだとすれば、人道に悖《もと》る所業ではないか。

だが、もはや邪推は無用。背後にどのような巨悪が控えていようとも、阿片の蔓延を堰《せ》きとめることが先決だ。

人影がひとつ、音もなく近づいてきた。

「矢背さま」

「おう、こっちだ」

ぬっと顔をみせたのは、唯七だった。

みずからは肥汲《こえく》みの百姓に化け、蔵人介を先導すべく参上した。

ふたりは物陰を抜けだし、葛西《かさい》の百姓たちが肥汲みの際に使用する一の側の床下に潜った。

「灯りは使えません。手前は夜目が利きますから、袖を握って従《つ》いてきてくだされ」

「案ずるな。夜目ならば、わしも利く。おぬしの背中を見逃さずに行くさ」

「ふふ、足許にはくれぐれもご注意を」

暗渠《あんきよ》の行く手に長々と延びるのは大下水、随所には「万年《まんねん》」と呼ばれる深い肥溜《こえだめ》が掘ってある。肥溜に落ちたら糞まみれになるどころか、糞のなかで溺れ死ぬ。唯七はそのことを心配したのだ。

「臭くてたまらん。鼻がひんまがる」

真っ暗なうえに、地下には強烈な臭気が充満している。

袖で鼻と口を覆ってしばらくすすむと、ようやく南北路と交差する地点へたどりついた。

「出仕廊下の下だな」

「はい」

頭上は奥女中が御殿向へ出仕するときに通過する廊下だ。

下水は走っておらず、悪臭からは免れた。

この先を左手に曲がれば七ツ口、右手に曲がれば目指す炭部屋へ達する。

唯七は入念な下調べをおこなっており、行く先の見当はついていた。

やがて、ふたりは炭部屋の真下に到達した。

唯七はいくぶん緊張した面持ちで両腕を伸ばし、床の一部を外しにかかる。

——行きますよ。

目顔で合図をおくり、床上に敷かれた畳をわずかに持ちあげた。

部屋のなかは真っ暗だ。

唯七は頭上の畳を撥《は》ねあげ、すっと首を差しだした。

刹那《せつな》、鈍い閃光が走り抜けた。

「ぬわっ」

腰を屈めた蔵人介の顔に、ざざっと血飛沫が降りかかってくる。

つぎの瞬間、首をなくした唯七の胴がずり落ちてきた。

「鼠め。もう一匹おるな、それ」

野太い怒声《どせい》とともに、鋭利な槍の穂先が床を貫いた。

咄嗟《とっさ》に這いつくばって躱すと、穂先はすっと引っこんだ。

間髪《かんはつ》容れず、穂先は別の床を貫き、より深く鼻面まで伸びてくる。

蔵人介は横転して避けた。

「くそ、また外したか」

床板一枚挟んだ頭上に、地獄が待っている。

ひとりは管槍《くだやり》を手にした者、もうひとりは刀で唯七の首を薙いだ者。すくなくとも、ふたりの手練が待ちかまえていた。

蔵人介は炭俵のなかから、長柄刀を鞘ごと抜きだす。

頭上の深い闇を睨み、それとばかりに炭俵を抛《ほう》りなげた。

「しゃあっ」

閃光が走った。

炭俵はまっぷたつに断たれ、塵と埃《ほこり》が部屋に四散する。

「ぬわっ……げほっ、ぐえほっ」

手練どもが咳きこんだ。

それとばかりに、蔵人介は地べたを蹴る。

穴蔵から躍りだすや、助眞を抜いた。

捷《はや》い。

刃長二尺七寸の刃が唸りあげる。

「ぐひぇっ」

茶筅髷《ちゃせん》の男の首が、天井まですっ飛んだ。

「鼠め」

もうひとりが叫ぶ。

正面の闇を裂き、槍の穂先がぐんと伸びてきた。

蔵人介は鬢すれすれに躱し、相手の胸を斬りさげる。

「ふん」

肉を裂き、骨を断つ。

「むぐっ」

管槍の長柄がふたつに折れ、髭面《ひげづら》の男が血を噴いた。

蔵人介は部屋じゅうをみまわし、じっと目を凝らす。

「可奈、可奈はおるか」

囁きながら、床を踏みしめた。

「ん」

隅の柱に、半裸の女が後ろ手に縛られて繋がれている。

あらわになった乳房のまえに、前髪が長々と垂れていた。

「可奈……」

必死に駆けより、乱れた前髪を掻きあげる。

「う、哀れな」

可奈はすでに、舌を噛みきって死んでいた。

蔵人介は脇差を抜き、一束の黒髪を切った。

物言わぬ可奈の膝もとには、唯七の首が転がっている。

双眸《そうぼう》を瞠《みは》った兄の顔は、名状しがたい無念を訴えていた。

「容赦できぬ」

蔵人介は唯七の遺髪も切りとり、懐中へ仕舞った。

胸に燻《くすぶ》る怒りの炎が燃えあがり、鏖箱爺の皺顔が倍に膨らんでゆく。

「くわあああ」

蔵人介は意味もなく雄叫《おたけ》びをあげ、床下の穴蔵へ飛びこんだ。

騒ぎを聞きつけた伊賀者どもの跫音《あしおと》が、炭部屋の戸口へ迫ってきた。

八

三日後、如月十五日。

雪涅槃《ゆきねはん》ということばもあるとおり、江戸では涅槃会に雪の降ることが多い。

朝早くから、降りじまいの牡丹雪《ぼたゆき》が熄《や》む気配もなく降りつづいている。

往来は斑《まだら》になり、足を滑らせる通行人もあった。

串部の容態は順調に快復しているが、万全ではない。それゆえ、単独で動くしかなかった。

蔵人介は深編笠をかぶり、辻の物陰に潜んでいる。

紅網代《べにあじろ》と呼ばれる朱塗りの網代駕籠を待っているのだ。

一昨日、大奥では前代未聞の珍事があった。

御台所に仕える中臈がひとり、一糸纏《まと》わぬ姿態で上御鈴廊下《かみのおすず》を御錠口《おじょうぐち》にむかって駆けぬけたのだ。中臈は御錠口手前で当番の女中たちに取りおさえられたものの、帛《きぬ》を裂くような悲鳴をあげたのち、白目を剥いて昏倒《こんとう》した。

時刻は八ツ刻、将軍家斉は上御鈴廊下側の蔦《つた》之間におり、常盤《ときわ》橋御門本石町《ほんこくちょう》『金沢丹後《かなざわたんご》』の羊羹《ようかん》を食べているところだった。

狂態を演じた中臈の名は小夜、あきらかに阿片の中毒症状であった。

このの後、御台所の取りなしもあり、小夜の処分は「永のお暇」で済まされた。

内外への影響を憂慮し、大奥では厳重な箝口令が布かれている。

蔵人介は塵箱爺に化けて表使の村瀬と秘かに逢い、右の顛末《てんまつ》を聞かされた。

村瀬は病気を理由に部屋へ籠もっていたが、病気でもなんでもなく、身に危険がおよぶのを避けるための方便《ほうべん》であった。

炭部屋で命を絶った可奈は、みずからの死を予期していたかのごとく、村瀬に実兄の唯七に宛てた書きおきを託していた。

――兄上、可奈は底知れぬ闇のなかをのぞいてしまったようでござります。

という文面ではじまる巻紙には、花岡と伊東仁斎の悪行が連綿と綴《つづ》られていた。

蔵人介の読みどおり、阿片は何者かによって仁斎のもとへ持ちこまれ、丸薬に精製されたのち、息の掛かった御用商人の手で七ツ口へ、さらには花岡のもとへ届けられていた。

小夜の一件からも、敵の狙いが西ノ丸派の切りくずしにあったことは明白で、花岡の手先となって動いたのは、御広敷番頭の葛城玄蕃にまちがいなかった。本丸留守居の稲垣主水丞も深く関わっている様子だが、こちらは証拠を摑めていない。いずれにしろ、葛城と配下の伊賀者たちが格別の報酬と引きかえに阿片をばらまいていると、書きおきにはあった。

辰《たつ》ノ下刻（午前九時）。

大奥年寄花岡の煌びやかな代参行列は常盤橋御門を抜け、いよいよ、日本橋《にほんばし》の大路へ繰りだしてきた。

花岡はお美代の方の名代《みようだい》として、中山法華経寺智泉院へ参内する。

縦にならんだ紅網代は二挺《ちよう》、狙うは先頭の駕籠だ。

二番駕籠には、花岡の部屋を仕切る局が乗りこんでいる。

年寄は老中と同格に扱われ、公式行事ならば行列に十万石の格式が要求されるものの、このたびは非公式の参内なので供人は少ない。

まず、徒歩にて先導するのは、白地に梅紋をあしらった着物の使番だ。

花岡の駕籠脇には、黒木綿《もめん》の着物に手綱《たづな》染めの縮緬《ちりめん》帯を締めた多門《たもん》がふたり随行している。さらに、御広敷からは添番《そえばん》、伊賀者、小人の三人が守りに就き、二挺の駕籠にはそれぞれ一対の挟箱《はさみばこ》持ちと合羽籠《かっぱかご》持ちが随行していた。

太い黒棒を担ぐ陸尺《ろくしゃく》は駕籠一挺につき四人ずつ、手替わりもふくめた総勢十人はみな、神田三崎町《かんだみさきちよう》の口入屋《くちいれや》から臨時に雇われた連中だ。六尺偉丈夫《いじようぶ》の力自慢たちは揃って、ぞろりと裾の長い黒無地の看板を纏っている。

二挺の紅網代が大路のまんなかを練りすすむ光景は、華美以外の何ものでもない。

道行く町人たちはおもわず花岡の威光に頭《こうべ》を垂れ、裾が濡れるのも厭《いと》わずに往来の端で膝をたたんだ。

繰りかえすようだが、花岡が参拝におもむく智泉院住職の日啓はお美代の方の実父である。日啓は余人を交えずに将軍へ拝謁《はいえつ》できるほどの厚遇を受け、御殿女中たちは競って帰依《きえ》するようになった。

代参といえば上野寛永寺《うえのかんえいじ》か芝増上寺《しばぞうじょうじ》ときまっているものの、お美代の方の口添えで智泉院が将軍家御祈禱取扱所に格上げされてからというもの、大奥からの参内祈願はあとを絶たない。

御殿女中たちにとって、寺院は息抜きの場でもある。

寺院のほうも多額の寄進を期待し、参拝を促すべく美形の寺小姓《てらこしょう》たちを揃えておく。

女中たちは餌に釣られてほいほいやってくる。はからずも妊娠したときは、寺院内で胎児の処分までおこなわれるという。

花岡にも参拝とは別の目的があるのだ。

蔵人介は編笠をひょいとかたむけ、紅網代に象《かたど》られた三つ金物の紋を確かめた。

「よし」

辻の物陰から、陣風のように躍りだす。

供人も町人たちも、人影に気づかない。

隙間なく降る牡丹雪が、視界を阻んでいた。
白一色のなかに、網代の鮮やかな紅色が映えている。
蔵人介は低い姿勢で駆けながら、はぎとった編笠を宙へ高々と抛《ほう》った。
顔は黒布ですっぽり覆われ、双眸《そうぼう》だけが光っている。
「うわっ、くせもの」
伊賀者が叫んだ。
つぎの瞬間には、袈裟《けさ》懸けに斬られている。
「ひぇぇぇ」
陸尺どもは駕籠を捨て、一目散に逃げていった。
小者たちも挟箱を抛り、ばらばらに逃げだす。
「何事じゃ」
威厳のある女官の声が響いた。
紅網代の窓がひらき、下げ髪の老女が顔をみせる。
花岡だ。
鬱金《うこん》の合着《あいぎ》に地黒の打掛《うちかけ》を羽織っている。
化粧した白い顔はすぐさま、恐怖にゆがんだ。

蔵人介は、二間の間合いに迫っている。
藤原次助眞を八相に振りあげ、臍下丹田《せいかたんでん》に気魄《きはく》をこめた。
「お覚悟めされい」
気合一声、助眞を横薙ぎに薙ぐ。
ぶおんと、刃風が唸った。
堅牢《けんろう》であるはずの紅網代が、なんと、真横に寸断された。
と同時に、花岡の首がことりと落ちる。
驚いたような顔で、薄く積もった雪のうえを転がってゆく。
首無し胴は正座したまま、夥《おびただ》しい鮮血を撒《ま》きちらしていた。
多門たちは事態が呑みこめず、惚《ほう》けた顔で突ったっている。
「ぬはっ、花岡さま」
箔《はく》入りの打掛を纏った局が、二番駕籠から飛びだしてきた。
泥濘《ぬかるみ》で足を滑らせつつも、腹這いとなって躙《にじ》りよってくる。
蔵人介は助眞を鞘におさめ、大股で局に歩みよった。
小脇に何かを抱えている。
首桶のようだ。

局は道端に蹲り、立ちあがることもできない。

蔵人介は乱れたもみじ髷を睨みつけ、首桶の蓋を外した。

「ひえっ」

局が悲鳴をあげる。

鼻先に突きつけられたのは、塩漬けの死に首だった。

「我慾《がよく》に溺れた御匙の首じゃ。そなたに預けるゆえ、どこへなりと携えてゆけ」

蔵人介は伊東仁斎の首を抛り、泣きくずれる局に背をむけた。

赤く染まった道端をみやれば、一対の悪党首が仲良く転がっている。

町人たちは固唾《かたず》を呑み、長柄刀を腰に差した男の背中をみおくった。

九

如月も半ばを過ぎると、真西に沈む陽光は彼岸の涯《は》てに西方《さいほう》浄土を映しだす。池では睡蓮《すいれん》が芽を伸ばし、畦《あぜ》には芹《せり》が萌《も》え、庭に植わった椿《つばき》の霊木は紅《あか》い花をつけはじめる。

蔵人介は兄妹の魂魄《こんぱく》を弔うべく、四谷の西念寺《さいねんじ》を訪れていた。

西念寺は、伊賀者を率いた服部半蔵《はっとりはんぞう》が家康《いえやす》の嫡男である信康《のぶやす》の霊を鎮めるために建立《こんりゅう》させた寺だ。

将来を嘱望《しょくぼう》された信康は謀叛《むほん》の嫌疑を掛けられ、織田信長《おだのぶなが》の命により腹を切らされた。このとき、家康股肱《ここう》の臣である半蔵は介錯役を仰せつかったものの、信康の首をどうしても落とすことができなかったという。

蔵人介は昨日、桜田御門外の加賀守邸を訪れた。

唯七と可奈の供養をこいねがうとともに、可奈が書きおきの結びに遺した「誰が味方で誰が敵か、正直、判然といたしませぬ」という文言の真意を質そうとおもった。

加賀守ならば、何か知っているにちがいない。

確信をもって訪れたところが、あっさり門前払いを食わされた。

労《ねぎら》いのことばも慰めもなく、一連の出来事の顚末《てんまつ》を聞こうともしない。

「加賀守さまはご多忙のため、お逢いになられませぬ」

木で鼻を括ったような物言いで応じたのは、用人頭《ようにんがしら》の藪本十内《やぶもとじゅうない》という男だった。

頰に偃月状《えんげつ》の刀傷がある。甲源一刀流《こうげんいっとう》の剣客として知られ、串部ともども、加賀守の信望は厚い。

「唯七ならびに可奈なる者、当家とはいっさい無縁の軽輩にござれば、供養塔なぞ建立する筋合いはござりませぬ。早々にお引きとりを」

無論、藪本は加賀守の心情を代弁していた。

冷たい仕打ちに腹も立ったが、考えてみれば詮無いことかもしれぬ。

天下の仕置きをつかさどる幕閣の重臣が、素姓の怪しい軽輩との繋がりを勘ぐられるわけにはいかない。供養塔を築くことはおろか、主従の関わりにあったことをしめす証拠はすべて消去されるのだろう。

役目を淡々とこなし、人知れず死んでゆく。不憫《ふびん》といえばあまりに不憫だが、それが小者の運命なのだ。

日没はちかい。

西念寺の参道に、蔵人介の影が長く伸びた。

本堂の裏手にひろがる墓所へ行くと、長大な宝篋印塔《ほうきょういんとう》が目を惹いた。

石の下に眠るのは、半蔵そのひとだ。

周囲に人影はなく、墓所は水を打ったように静まりかえっている。

卒塔婆《そとば》の林を潜りぬけると、矢背家の墓石がひっそりと佇んでいた。

先代の信頼も、この墓に眠っている。

蔵人介は養父の霊に一礼し、墓所の片隅へ歩をすすめた。

大きな銀杏《いちょう》の木陰に、やや小さめの宝篋印塔が築かれていた。

名もなき下忍《げにん》たちを鎮魂すべく築かれた供養塔だ。

半蔵の意を汲んで建立され、伊賀者のみならず、幕命に殉じた大勢の軽輩たちが葬られている。

蔵人介には、供養塔を建立する金銭の余裕がない。

唯七と可奈の遺髪を、せめてこの供養塔に納めてもらおうとおもった。

顔見知りの住職は、きっと許してくれるだろう。

蔵人介は花立ての正面にひざまずいた。

そして、路傍で手折《たお》った野花を手向《たむ》けようとした瞬間。

忽然《こつぜん》と、背後に殺気が膨らむのを感じた。

「つおっ」

抜き際の一刀が空を斬る。

「ぬははは」

哄笑《こうしょう》が、遥かな高みから聞こえてきた。

「矢背蔵人介、さすがに捷《はや》いな」

よくとおる重厚な声は、銀杏のてっぺんから響いてくる。

人影は定かならずとも、相手の正体はすぐにわかった。

「御広敷番頭、葛城玄蕃か」

「さよう。鬼の首を所望いたす」

銀杏の枝が大きくしなった。

が、葛城はそこにいない。

「ここじゃ、どこをみておる」

宝篋印塔の背後から、いきなり、直刀の切っ先が突きだされた。

「ぬっ」

鬢を浅く裂かれ、ぶっと血が噴いた。

激痛でゆがんだ頬に鮮血が流れおちる。

それでも咄嗟に助眞を振り、蔵人介は強烈な一撃を繰りだしていた。

「見事な体捌《さば》きじゃ。木葉木菟の重蔵を殺《や》っただけのことはある」

葛城は軽々と後方へ飛びのき、供養塔の頂部へふわりと張りついた。

御広敷番頭の職禄は二百俵と十人扶持、御膳奉行とほぼ同格の旗本役だ。

たがいに知らぬ顔ではない。しかし、葛城がこれほど体術にすぐれた男とはおもいもよらなかった。

真剣を抜けば、人は豹変《ひょうへん》する。

なるほど、裃姿の葛城玄蕃とは面構えがちがう。

まるで、塵芥濛々《じんかいもうもう》たる戦場に躍りでた甲冑《かっちゅう》武者のようだ。

蔵人介はぐっと腰を落とし、刀身をゆっくり鞘へおさめた。

「居合か。重蔵を葬った技が、このわしに通用するかな」

「木葉木菟なる伊賀者、やはり、番頭の指図で動いておったようだな」

「さよう、重蔵はわしの配下でも屈指の手練じゃった。されど、供養塔に葬ってなどやらぬ。下忍は人にあらず。人にあらずば弔うこともあるまい」

「哀れな」

「甘いのう。さような心根で、よくぞあれだけのことをしでかしたわ。御匙の首を獲り、花岡まで亡き者にするとはのう。おかげでわしは守りの失態を指弾され、御留守居の稲垣さまからきつい叱責を食らったわ」

花岡の紅網代に随行した多門のひとりが、蔵人介の長柄刀を目に焼きつけていた。それゆえ、葛城には察するところがあったらしい。

「御匙を殺ったのはわかる。が、なにゆえ、花岡まで殺らねばならぬ。そもそも、うぬは何者じゃ……ふん、まあよい。物狂いの胸中を質したところで一文の得にもならぬわ」

「なれば、こちらから聞こう。おぬしは花岡の指図で動いておったのか。それとも、留守居の稲垣主水丞に操られておるのか」

「どちらもちがうな」

「なれば黒幕は碩翁、いや、お美代の方か」

「御殿女中の争いなんぞに興味はない。わしは利に靡《なび》く」

「阿芙蓉をばらまいて稼ぐのだな」

「さよう。阿芙蓉は御禁制の品、御用達の薬種問屋を搾りあげても容易なことでは手にはいらぬ。なればこそ、入手できれば価値はあがるのじゃ。わしは仁斎の弱味を握り、阿芙蓉を入手させ、丸薬までつくらせた。これを花岡は、みずからの権威を盤石《ばんじゃく》なものとするために利用した。絵を描いたのは、このわしよ。すべては金のためさ」

葛城玄蕃は、ただの旗本ではない。

そもそも一介の黒鍬者だった。美人と評判の妹を大奥へ差しだし、まんまと家斉の側室にさせたことで、旗本の末席にくわえられた。若い時分には妹の尻で出世した。

「蛍侍《ほたるざむらい》」と中傷もされたが、本人の才覚と努力で御広敷番頭にまで成りあがった。

「かつてのわしは立身出世をのぞんだ。なりふりかまわず、上役に命じられたことはなんでもやってきた。されど、出世をのぞむことほど虚しいことはないと悟ったのよ。人ほど信用のならぬ生き物はおらぬ。その点、金はけっして人を裏切らぬ」

「金のためなら、何でもやるのだな」

「ああ、そうだ。忠義もへったくれもない。家斉なんぞは糞食らえだ。海獣のごとく牝《めす》どもを侍《はべ》らせ、夜毎《よごと》、淫蕩に耽っておる。そんな男に政事《まつりごと》を任せておけば、いずれこの国は滅びる。大奥なんぞは水泡と消えてなくなるわ。ならばいっそ、手っとり早く潰しちまえばよいのだ」

葛城の屈折した心理も、わからないではない。

しかし、可奈や唯七を死に追いやったのは、眼前に立つ男なのだ。

「さあて、喋りは仕舞いじゃ、うぬの居合がわしに通用するかどうか、試してみよ」

——はおっ。

鋭い気合を発するや、葛城は地面を蹴った。

怪鳥《けちょう》のごとく飛翔し、剛刀を大上段に振りかぶる。
蔵人介は抜きもせず、葛城をきっと睨みつけた。
居合は抜き際が勝負、とはいえ、あまりにも間合いが短すぎる。
「獲ったあ」
葛城は中空で吼《ほ》え、刀身を猛然と振りおろしてきた。
蔵人介の体軀が三寸程度、横にずれた。
それが生死を分ける差となった。
「ぬおっ」
葛城の豪打《こわうち》は空を斬り、眼下の墓石を両断した。
いつのまにか、蔵人介の右手には短い刃が光っている。
二尺七寸の本身《ほんみ》ではなく、長い柄に仕込まれた八寸の刃だ。
刃長が短ければ、それだけ抜きの捷さも増す。
蔵人介は懐中へ深く呼びこむことで、勝機を見出していた。
「うぐっ……ひ、卑怯《ひきょう》なり」
八寸の刃は、葛城玄蕃の腹部を深々と貫いていた。
命の獲りあいに卑怯も糞もない。

刔《えぐ》るように刃を引きぬくと、葛城は割れた墓石のうえにくずおれ、そのまま、こときれた。

西念寺には、闇の帷《とばり》がおりている。

大奥の番犬を屠《ほふ》っても、心はいっこうに晴れない。

墓所には風が吹きぬけ、死人の魂をさらってゆく。

蔵人介は懐中から、可奈の書きおきを取りだした。

――兄上、可奈には誰が味方で誰が敵か、正直、判然といたしませぬ。

と末尾に記された奉書紙《ほうしょがみ》には、犬死にも同然に散った兄妹の遺髪が包まれている。

蔵人介は奉書紙をひらき、神仏へ供物を捧げるかのように両手で掲げあげた。

遺髪はすべて風に吹きとばされ、しばらくすると名もなき戦士たちの慟哭《どうこく》が、うおんうおんと耳に聞こえてきた。

群盗隼

一

弥生穀雨《やよいこくう》。
花の見頃は過ぎた。
花散らしの風が吹き、卯《う》の花腐《はなくた》しの雨がそぼ降っている。
子《ね》ノ刻（午前零時）、江戸の闇は深い。
闇の狭間から、三つの影が躍りでた。
瓦葺《ぶ》きの大屋根を音もなく走りぬけ、直下の築地塀へふわりと舞いおりる。
刹那、屋敷内から用人たちの怒声が沸きおこった。
「くせもの、出あえ、出あえませい」

黒装束に頬被《ほっかむ》りの影は、世間を騒がす隼小僧の一味にまちがいない。

雪解けとともに江戸へあらわれ、十指に余る商家の金蔵を荒らしまわった。証拠はいっさい残さない。家人はみなごろしにするという残虐非道な手口で知られる連中が、こともあろうに大名屋敷へ忍びこんだ。

しかも、金蔵に宝物の唸る雄藩《ゆうはん》の屋敷ではなく、旗本から大名に成りあがった長久保加賀守正忠の上屋敷にである。

加賀守は若年寄の要職にあるものの、裕福な蔵持ち大名ではない。

盗人たちもどうやら、千両箱を抱えているわけではなさそうだ。

「断じて逃すな。斬り捨てい」

追いすがる用人たちを嘲笑《あざわら》うかのように、三つの影は闇へ溶けこんでゆく。

やがて追っ手の声も遠ざかったころ、影どもはひらりと地面へ舞いおりた。

「兄ぃ、うまくいったな」

「あたりめえよ、ちょろいもんだ」

盗人たちは大胆にも濠端を抜け、桜田御門から半蔵御門へ向かった。

この先の麴町から御用地を突っきれば、隘路《あいろ》の錯綜する番町へ行きつく。

「番町は迷路みてえなところさ」

「ちげえねえ。ここまで来りゃでえじょうぶだな」

「へへ。頭目《おかしら》から、たっぷり褒美を貰えるぜ」

番町への遁走《とんそう》は、あらかじめ定められていたことだ。

ところが、三人は御用地を抜け、はたと足を止めた。

正面の坂道から、蛇《じゃ》の目《め》傘が近づいてくる。

「くそっ、こんな夜更けに人がいやがるぜ」

「いってえ誰かな」

傘の内に面体を隠しているものの、長身痩軀《そうく》の侍であることはわかった。

「どうする」

進むべき逃走路は一本しかない。

ここで退けば、遠まわりを余儀なくされる。

三人は顔を見合わせ、たがいに頷きあった。

「殺っちまえ」

鋭利な匕首《あいくち》を閃かせ、猛然と夜道を駆けぬける。

「莫迦《ばか》め」

と、蛇の目の奥から声が漏れた。

盗人たちは散り、三方から侍を挟みこむ。

またもや、低い声が響いた。

「待っておったぞ、鼠ども」

「なに」

「うぬらは市井に害をおよぼす鼠、冥途《めいど》へおくっても罰は当たるまい」

「あんだと、この」

ひとりが側面から迫り、匕首で蛇の目を斬りさいた。

破れ傘がくるくるまわり、雨粒を弾きながら虚空へ舞いあがる。

「うっ」

盗人は愕然《がくぜん》とした。

すでに、侍は抜いている。

異様に柄の長い刀を振りかぶり、片手一本で闇を剔《えぐ》るように斬りさげた。

「ひぇ……っ」

短い悲鳴が尾を曳《ひ》いた。

斬られた男のからだは、立木のように裂けてゆく。

夥《おびただ》しい鮮血がほとばしり、地べたを真紅《しんく》に染めた。

侍はぶんと刀を振り、穢《けが》れた血を切った。

刀は藤源次助眞、刃長二尺七寸の本身に丁字刃が妖《あや》しく光っている。

「くそっ、何者でえ」

盗人のひとりが声を震わせた。

侍は静かに刀をおさめる。

「わしは公儀鬼役、矢背蔵人介。江戸市中からうぬらのごとき毒を抜く。それが役目よ」

「邪魔するんじゃねえ」

ふたり目が匕首の刃を立て、からだごと突きかかってくる。

「ふん」

白刃一閃、長柄刀の先端が風を孕《はら》んだ。

盗人の生首が飛び、並木の枝に引っかかる。

首無し胴は戦慄《せんりつ》しながら血を撒きちらし、横むきにどおっと倒れこんだ。

「うひぇっ」

最後のひとりは、脱兎のごとく逃げだした。

「いったぞ」

蔵人介の掛け声に応じ、辻の暗がりから別の人影が躍りでた。

総髪、蟹のようにがっしりした体軀の男だ。

黒い疾風となって駆けぬけ、獲物へ食らいつく。

「ぎゃっ」

盗人は、前のめりにもんどりうった。

一瞬にして刈られた両臑が、切り株のように残されている。

三人目の男は血の池を這いずり、すぐに力尽きてしまった。

蔵人介はゆったりと歩みより、破れた蛇の目を拾いあげた。

「柳剛流臑斬り。あいかわらず見事な腕前よの」

と、抑揚《よくよう》のない声を発してみせる。

褒められた蟹男はかしこまり、薩摩拵《ごしら》えの黒鞘に自慢の同田貫を納めた。

矢背家用人、串部六郎太だ。

「殿、加賀守さまの御屋敷は警戒が手ぬるすぎますな」

「用人頭の名は何というたか」

「藪本十内にござります」

「おう、そうであった」

「藪本は武州《ぶしゅう》屈指の剣客でござる」

「おぬしと真剣で立ちあったら、どちらが強いかのう」

「鱈を刈るなら拙者、胴を斬るなら藪本に分がござりましょう」

「首なれば、どうじゃ」

「はて、やってみなければわかりませぬ」

「さようか」

「ところで、殿」

「ん」

「こやつら、加賀守さまの御屋敷から何を盗んだのでしょう」

「知りたいか」

「はい」

「首無しの胸もとを探ってみよ」

串部はがに股で近づき、屍骸の胸もとから分厚い冊子を取りだした。

「殿、これは」

「よくは知らぬ。加賀守さまの仰せでは、どこぞの旗本の不正を暴く裏帳簿のごときものとか」

「どこぞの旗本、でござりまするか」

「お教えいただくこともできたが、七面倒臭いのでやめておいた」

「ふっ、殿らしい。隼小僧に盗みをやらせた人物は、どこぞの旗本ということになりましょうか」

「さあな」

蔵人介は興味なさそうに溜息を吐いたが、串部は眸子《まなこ》を輝かせる。

「こたびのお役目、何やら奥が深そうでござる」

「串部よ」

「は」

「余計な詮索は無用じゃ。裏帳簿を加賀守さまのもとへ届けてまいれ」

「御自ら、御屋敷へおはこびになられずともよろしいので」

「よいわ。わしは拙宅へもどり、熱燗《や》を飲る」

「かしこまりました。では」

「頼んだぞ」

蔵人介は破れ傘を折りたたみ、泥濘のうえに突きたてる。

ふたつの人影は去り、傘だけが墓標のように佇んでいた。

二

蔵人介の自邸は浄瑠璃坂をのぼりきった先、市谷御納戸町にある。何かと実入りの多い納戸方の屋敷が集まっているので、この界隈は「賄賂町《まいないちょう》」とも称されていた。

六年前、納戸頭をつとめる望月左門の拝領地を借りて平屋を建て、飯田町の俎河岸から移ってきた。

移転の陣頭指揮を執《と》ったのは、養母の志乃だ。

そもそも、移転せざるを得なかった理由は、隣人の綾辻家と縁を結んだことによる。頑迷な幸恵の父勝成《かつなり》が、祝言にあたって「他家へ嫁いだ以上、親の死に目にも、もどってはならぬ」と言った。隣人同士であれば、嫌でも顔をつきあわせて暮らさねばならない。家禄で下まわる矢背家のほうが、土地を離れるしかなかった。

――ようございます。出てゆきましょう。

志乃は平然と言いはなち、慣れ親しんだ俎河岸から引っ越すことをきめた。

爾来《じらい》、地主の望月家に遠慮しながら、蔵人介たちはつましく暮らしている。

矢背家の狭い庭は、望月家の勝手場と背の高い生垣で仕切られていた。冬のあいだは枯れていた隣家の雑木も、いまでは若葉を繁らせている。縁側から空を仰ぐと、昨日とは打って変わって青空がひろがっていた。薫風《くんぷう》に揺れる枝音や葉擦れを聞き、やわらかい葉洩れ日に当たっていると、瞼《まぶた》のほうが自然に閉じてくる。義弟の綾辻市之進も、さきほど訪ねてきたばかりだというのに、首の据わらぬ赤子のようにこっくりこっくりしていた。

「市之進よ、眠いのう」

「はあ」

「蓮華《れんげ》も咲き、蛙どもも鳴きはじめたのう」

「はあ」

「春のまどろみは、蛙の目借時《めかりどき》とかいうらしい」

「はあ」

「夕刻になったら、鉄砲洲《てっぽうず》へでもまいるか」

「鉄砲洲……ですか」

「鱚《きす》釣りだ。春鱚は岸のちかくで子を産む。洲の浅瀬に糸を垂れるのよ」

「はい」

「幸恵は角筈《つのはず》へ菜摘みにいった。養母上《ははうえ》と仲良くな。おぼえておるか、隣家の雑木を伐《き》る伐らぬで、養母上と幸恵が揉《も》めたことがあったであろう。一時はどうなることかと案じもしたが、杞憂《きゆう》であったわ。よくある姑《しゅうとめ》と嫁の諍《いさか》いよ。抛っておけば、そのうちにおさまる……聞いておるのか」

「はあ」

「おぬしも嫁を娶《めと》ったら、泰然と構えておくがよい。それにつけても、姑と嫁で仲良く菜摘みとはのう。めずらしいこともあるわい。せり、なずな、ごぎょう、はこべら、ほとけのざ、すずな、すずしろ……よもぎつくしによめなにのびる……なにやら、戒名のようで眠くなってくるのう」

もはや、返事はない。

市之進は、ばたんと音を起《た》てて縁側にひっくりかえった。

「お、死んだか」

水を向けた途端、市之進はがばっと起きあがる。

「寝ておるときではござらぬ。義兄上《あにうえ》は賄賂を貰ったことがおありですか」

「何だ。藪から棒に」

「御城中における風紀の乱れは目を覆わんばかりでござる」

「今にはじまったことではあるまい」

とりわけ、公方の執務を代行する奥右筆《おくゆうひつ》、大奥の取次をおこなう御広敷の連中、食事や調度品をつかさどる賄方《まかないかた》、細工方、納戸方といったあたりは役得の多い「稼ぎどころ」とみなされ、腐敗の温床と化している。

御膳奉行とて例外ではない。本気で望めば、立派な家屋敷のひとつやふたつ容易に建てられるほどの賄賂は手にできる。

しかし、矢背家の矜持《きょうじ》がそれを許さなかった。

志乃は贅沢を嫌い、武士らしく質素に暮らせという先代の教えを頑《かたく》なに守っている。旗本といえども昨今は台所事情が苦しいため、賄賂を拒む者のほうがめずらしがられた。

「市之進。おぬし、今日は何用でまいったのだ」

「じつは申すべきか否か、さきほどから迷っております」

「お役目のことか」

「いかにも」

市之進は四角四面の徒目付のなかでも、融通の利かない男でとおっていた。

主な役目は城づとめの旗本や御家人の監視と粗探《あらさが》し、いわば憎まれ役である。

役目柄、口外してはならぬ秘密も多い。

「よし、なればわしは席をはずそう。望月さまの雑木にむかって喋るがよい。ほれ、山漆《やまうるし》に水楢《みずなら》に楓《かえで》、よりどりみどりじゃ」

「え」

蔵人介はやおら立ちあがり、半歩下がってまた座った。

「いいえ、結構です」

「茶ではなく御酒にするか。そのほうが舌も滑らかになるぞ」

「堅いことを申すな。さほどに深刻な内容か」

「はい」

「よし、あれにある水楢にむかってはなしてみよ」

「かしこまりました」

重い口をひらいた市之進によれば、とある大身の旗本がゆかりなき大名屋敷に出入りしては、頻繁に賄賂を受けとっているとの訴えがあった。さっそく組頭に探索を命じられ、朋輩《ほうばい》の横溝伝兵衛《よこみぞでんべえ》がざっくり調べあげたところ、おおかた訴えは事実であろうとの心証を得たという。

「旗本はどれだけ賄賂を貰おうが、罰せられることはない。いちいち罪を問うていたら、この世から旗本はひとり残らずいなくなるわ」

「仰せのとおり、評定《ひょうじょう》の席で論じられたのは賄賂の金額と使い道でござる」

「ほう」

「横溝伝兵衛の調べによれば、当該旗本の私腹した金額は数千両におよびます。使い道は家屋敷の改築やら料理茶屋での会食、妻女の呉服代、子息の悪所《あくしょ》通いに費やされた遊興費、あるいは、子息が町人を相手取った喧嘩の示談金にいたるまで、多岐にわたっておるようで」

「数千両ともなれば、さすがに捨ておけぬはなしだな」

「遠からず動かぬ証拠が出揃いましょう。そののち、御上《おかみ》より行跡不宜《ぎょうせきよろしからず》とのご沙汰がくだされるやに相違ありません」

「当主は罷免蟄居《ひめんちっきょ》、知行地《ちぎょうち》ならびに拝領地は召しあげとなるは必定《ひつじょう》か」

「おそらくは」

「そのふざけた旗本とはいったい、誰だ」

「お隣の望月さまにござります」

「なっ」

蔵人介はおもわず、手にした茶器を取りこぼしそうになった。

望月家は上州に三千石の知行地を有する大身、当主の左門は納戸頭という重職を授かっているわりには、くだけた性分の持ち主だ。

見栄っ張りなところもあるが、さほど悪い人物ではないと、蔵人介はおもっている。

「義兄上。それゆえ、お知らせにあがりました。万が一、望月家の行状が明白となったあかつきには」

「わしらもとばっちりを受け、この土地から逐《お》われると申すか」

「そういうことになります」

「けっ、冗談じゃねえ」

蔵人介は御家人の子であったころの地金を晒し、べらんめえな口調で吐きすてた。

三

翌日もよく晴れ、親子三人で産土神《うぶすながみ》の八幡《はちまん》神社へ詣でることになった。

蔵人介は渋い茶の小紋、鐡太郎の手を引く幸恵は宝尽くし紋の染物を纏っている。

旗本の親子にはみえない。地味な扮装にくわえて供人もおらず、定府《じようふ》の藩士か御家人の家族としかおもえなかった。

「市之進は何をしにまいったのですか」

幸恵に質され、蔵人介は顎を掻いた。

「御用むきのことさ」

「さようですか」

「気になるのか」

「御用むきのことなれば、お聞きするわけにもまいりますまい」

「よい、教えてつかわそう」

蔵人介は望月家が目付に探索されており、事と次第によっては自分たちも御納戸町を逐われるかもしれないと告げた。

「驚いたか」

「いいえ。土地を逐われるくらい、何ほどのことでもござりませぬ。新しい住まいを探すのも楽しみのひとつ」

「俎河岸へは帰らぬと」

「父が許しませぬ」

「そうともかぎらぬぞ」

「頼まれても帰るものですか」

「ほ、さようか」

それきり、夫婦の会話はぷっつり途切れた。

鐵太郎は母の手を逃れ、鳥居のむこうへ駆けてゆく。

神社の境内では市《いち》の設《しつら》えがはじまっており、香具師《やし》たちが床見世《とこみせ》の組みたてに精を出していた。

「ぬおっ、無礼者」

突如、侍の怒声が聞こえてきた。

――喧嘩か。

と、察した連中が色めきだち、社殿を背にする甃《いしだたみ》の隅に人垣を築きはじめる。

輪のまんなかで商人風体の夫婦が土下座しており、鐵太郎とおなじ年恰好の幼子が隣で泣きべそをかいていた。

そして、三人の若侍が刀の柄に手を掛けたまま、商人夫婦を睨みつけている。

蔵人介は人垣へ近づき、背伸びをする職人に「何事だ」と訊《たず》ねた。

「あすこに小僧がおりやすでしょう」

「ん、おるな」

「あの小僧がね、連中の鞘に触れたとか触れねえとか」

「それしきのことか」

「へえ、そうなんで」

若侍たちの横顔は、いかにも青臭い。

どうせ、厄介者の次男坊か三男坊だ。

「おとなげない連中だな」

「仰るとおりで。見逃してやりゃいいのに」

そうした掛けあいのさなか、若侍のひとりが疳高《かんだか》い声で吼えはじめた。

「この始末、どうつける。無礼打ちにしても足りぬところだぞ」

ということは、無礼打ちにする気がないのだろう。

さては示談金狙いかと、蔵人介は即座に合点した。

吼えた若僧の横顔をみつめ、幸恵が「あっ」と小さい声をあげた。

「どうした、幸恵」

「お忘れですか。望月宗次郎《そうじろう》さまにござりますよ」

「なに、隣の次男坊か。ずいぶん大きゅうなったのう」

「暢気《のんき》なことを。早く、商人親子を助けておあげなされ」

「わしがか」

「ほかに誰がおります」

蔵人介はたしなめられ、人垣の前面へ押しだされた。

「おい、宗次郎」

とりあえず、名を呼び掛けてみる。

宗次郎は振りむき、ぎょっとした。

「うえっ、鬼役」

発するや否や股立《ももだ》ちをとり、後ろも見ずに逃げてゆく。

仲間のふたりはわけもわからず、宗次郎の背中を追った。

見物人も商人夫婦も、狐に摘《つま》まれたような顔をしている。

「す、すげえ」

さきほどの職人が、ぱちぱち手を叩いた。

拍手は漣《さざなみ》のようにひろがり、やんやの喝采《かっさい》が沸きおこる。

蔵人介は気恥ずかしさで耳まで赤く染め、幸恵に顎をしゃくった。

「ひとまず帰ろう」

商人夫婦が帰さぬとばかりに、追いすがってくる。

「お待ちを、お武家さま、お待ちくだされ」

小太りの旦那が、つんのめるように倒れこんできた。

「かたじけのうござりました。かけがえのない我が子の命を助けていただき、この御礼はいかように差しあげたらよろしいのやら」

「礼などいらぬ。わしは何もしておらぬ」

「それでは、丁字屋喜右衛門《ちょうじやきえもん》の気がおさまりませぬ」

「丁字屋か」

「はい、手前は日本橋で干鰯《ほしか》問屋を営んでおります」

御用達の大店《おおだな》だ。蔵人介も屋号だけは聞いたことがあった。

丁字の花が咲きみだれる様は、愛刀の刃文にもなっている。

まんざら縁がないわけでもないと、蔵人介はおもった。

人垣は解かれ、見物人は何もなかったように散ってゆく。

商人と蔵人介の家族だけが日だまりに残され、ふたりの幼子は仲良く遊びはじめた。

「このまま引きさがれば、丁字屋は世間の笑い者。お武家さま、どうか、どうか、ご姓名だけでもお聞かせくだされ」

「名乗るほどの者ではない」

「そう仰らず、後生《ごしょう》ですから」

土下座でもしかねないので、蔵人介はぼそっと素姓を明かした。

「これはこれは、お旗本のお殿さまであられましたか。あの、ひとつお聞きしても」

「なんだ」

「鬼役とはいったい、どのようなお役目にござりましょう」

「毒味役のことさ」

「まさか、公方様のお毒味を」

「さよう」

「へへえ、そのようなお偉いお方とはつゆ知らず、御無礼をいたしました」

「無礼をはたらかれたおぼえはない。それに、わしはさほど偉くもない」

「ご謙遜《けんそん》なされますな」

丁字屋は滑るように身を寄せ、袖口に金子を捻《ね》じこんでくる。

「おいおい、なんのまねだ」

「ほんのお近づきのしるしで、むふふ」

何やら、丁字屋の顔が狐にみえてきた。
御用達ともなれば、お城の台所方とも無縁ではなかろう。
袖に捻じこまれたのは小判であった。
五枚ある。
叩きかえすつもりで力んだ瞬間、つっと幸恵に袖を引かれた。
——頂戴しておきなされ。
苦しい家計の一助になりますよと、目顔で訴えかけてくる。
蔵人介は苦い顔で相槌《あいづち》を打ち、丁字屋夫婦に背中をみせた。
金がすべての世の中で、おのれだけは武士の気骨《きこつ》を保っていたい。
常日頃から心懸けているつもりであったが、意志を貫きとおすのは難しい。
「あれでよろしかったのですよ」
平然とうそぶく幸恵のことばに、少しばかり救われたような気がした。

四

丁字屋の五両は簞笥《たんす》に仕舞われた。

望月家の行状《ぎょうじょう》が気に掛かって仕方ない。

もちろん、じたばたしてもはじまらぬ。

いざとなれば、商家からしもた屋でも借りればよいと肚をくった。

雑念は百害あって一利なし、これも鬼役一筋の養父に叩きこまれた教訓のひとつだ。

蔵人介は裃を身に着け、中奥の笹之間に座っている。

相番は「地獄耳の西甚」こと西島甚三郎であった。

蝦蟇《がま》のように肥えた男は、機をみては二重あごを震わせて喋りかけてくる。

「こほっ」

西島が空咳を放った。

やはり、何事かを喋りたそうにしているのだが、蔵人介は面倒臭いので目を合わせまいとする。

それでも、正面に座る蝦蟇の口はふさげそうにない。

「つい先だって、相番となった押見兵庫《おしみひょうご》どのが毒味のさなかに顔面蒼白となり、額に膏汗《あぶらあせ》まで滲《にじ》ませましてな、その場で御膳の料理は捨てられるわ、監視役の拙者にお毒味のお鉢がまわってくるわで、おおわらわとあいなりました。その顚末については。あれ、矢背どのはお聞きおよびでない」

「いっこうに」

「さいわい、上様より仕度無用との仰せがあり、事なきを得たのでござる。ぐふっ、けっさくなのは押見どののご症状。急なさしこみかとおもいきや、よくよく聞けば昨年の暮れより疝気《せんき》の虫《むし》でお悩みとか」

「それはまた難儀《なんぎ》な」

「腫れあがった睾丸《きんたま》をみせてもらいましたぞ。温石《おんじやく》で暖めねば辛《つろ》うて辛うて我慢できぬ。さりとて、疝気を理由に役目を辞すのは口惜しい。拳大に睾丸の腫れた鬼役なぞ物笑いの種にしかならぬゆえ、この一件は何卒《なにとぞ》内密にしてほしいと、押見どのに涙ぐまれましてなあ」

同情を禁じ得ないと漏らしながらも、西島はさも愉快そうに他人の秘密をぶちまける。

面の厚皮は饅頭《まんじゆう》なみに膨らんでいるが、性分は狡猾な狐のようだ。

嫌な男だとおもいつつ、蔵人介は一方で押見兵庫のことを案じた。

わずかな油断は取りかえしのつかない失態を招く。それが毒味というものだ。

西島は、はなしを変えた。

「ところで、御納戸頭の望月左門さまと申せば、矢背どのとも浅からぬ間柄にござろう」

「御拝領地の一角をお借りしておりますが」

「その望月さまのことで、よからぬ噂を聞きましてな。もしや、ご存じない」

「知りませんな」

「半月ほどまえ、部屋住みのご次男が悪所通いのあげく吉原の楼主と揉め事になり、刃傷沙汰《にんじょうざた》におよんだとか」

「さような武勇伝は、いっこうに伝わっておりませぬが」

「なるほど、武勇伝とは言い得て妙。近頃の若い者は借りてきた猫のようにみなおとなしすぎる。悪所で弾けるくらいがちょうどよい」

「で、ご次男の一件は」

「左門さまみずからお忍びで遊里《ゆうり》へ出向かれ、怪我を負わせた楼主に内済金《ないさいきん》を払いましてな。事は穏便に済まされたやにみえたものの、噂は波紋のごとくひろがり、ついに長久保加賀守さまのお耳に達してしまった」

「加賀守さまの」

蔵人介の耳が、ぴくんと反応した。

加賀守の評判は、けっして芳《かんば》しいものではない。成りあがり者の辣腕家《らつわんか》だけに敵も多く、城内随一の吝嗇家《りんしょくか》と評され、とりわけ同じ若年寄の林田肥後守英成とは何かにつけて張りあっていた。

林田は若くして権力の中枢に座を占めた人物、巧みな追従術《ついしょう》と資金力で重臣たちの歓心を買い、中奥ばかりか大奥にも派閥を築いている。将軍家斉からも重用され、次期老中の有力候補と目されていた。

若年寄の目配りすべき役目は多岐にわたっている。

旗本の行状に目を光らせる目付もそうだし、中奥中枢の御用をあずかる小姓、奥右筆、納戸、小納戸《こなんど》、賄、細工、台所、奥医師、同朋衆《どうぼうしゅう》などもみなそうだ。利権の集まる重職である。若年寄に欠員がひとり生じれば、十余名の大名が一斉に名乗りをあげた。千代田城の内外で大金が飛びかい、要職に就く旗本たちも恩恵をこうむる。自然、派閥ができあがった。

中奥の頭や組頭たちの多くは林田派に属していたが、長久保加賀守も大派閥に抗するだけの勢力を保っている。数ある吏僚《りりょう》のなかでも加賀守の有能さは際立っているだけに、肥後守も姑息《こそく》な手は打てない。

西ノ丸の老中職に空席が出たことも、次期老中の座を狙う林田、長久保両陣営の争いに拍車をかけていた。肝心の望月左門は、林田肥後守派のなかでもとりわけ人望が篤《あつ》く、派閥の番頭格と目されている。一方、西島甚三郎は長久保加賀守に尻尾を振っており、疝気を患う押見兵庫は林田派のひとりに数えられていた。

蔵人介は表向き、いずれの派閥にも属していない。色分けができないので双方から煙たがられ、そのことが出世を阻んでいる要因ともいわれた。

西島が眦《まなじり》を吊り、膝を躙《にじ》りよせてくる。

「大きい声では言えませぬが、もはや、望月さまの窮状は深刻。行跡不宜とのご沙汰がくだされたあかつきには、矢背どのとて他人事では済まされますまい。下手を打てば、この騒ぎに巻きこまれるやもしれませぬぞ」

「莫迦な。拙者は土地を借りうけておるにすぎぬ」

「隣人の悪行を知らぬ存ぜぬ、気づかなかった、では通りませぬ。悪行を黙認せしは不届き千万、よって罷免蟄居を申しわたす。などということにもなりかねませぬぞ」

脅しなのか。だとすれば、狙いは何だ。

蔵人介は憮然《ぶぜん》とした顔で、西島を睨みつけた。

「肩の力をお抜きなされ。何も、矢背どのが謂《いわ》れなき罪に問われることはござらぬ。

火の粉を振りはらう手管ならば、お教えいたしますぞ」

西島はへらついた調子で笑い、小狡《こずる》そうな眸子をむける。

何やら、焦臭《きなくさ》いはなしになってきた。

五

宿直の明けた当夜、蔵人介は串部をともない、隅田村《すだ》の『有明亭《ありあけ》』なる料理茶屋をおとずれた。

隅田村といえば、千住宿《せんじゅ》に近い。

柳橋《やなぎばし》から猪牙舟《ちよきぶね》に乗り、大川を疾風のように遡上《そじよう》しても、かなりかかった。

高級と名の付く料理茶屋は、たいてい江戸のはずれにある。

山谷《さんや》の『八百善《やおぜん》』などはつとに有名だが、木母寺《もくぼじ》の境内に瀟洒《しようしや》なしもた屋を構える『有明亭』も、大名家の留守居役や身分の高い役人の接待などではよく利用されるところだった。

何せ、御用達商人が贈答用に使う食事切手が五十両もする。

しかし、どれだけ値が張っても、訪れる客はひきもきらない。

「殿、気後《きおく》れいたしますな」

串部は重い足取りで従いてきた。

内川《うちかわ》の渡しで猪牙舟を降りてから、ずっとこの調子だ。

「おぬしらしくもない。相伴《しょうばん》にあずかるのは得意であろうに」

「人聞きのわるいことを仰いますな」

「臆せずに従《つ》いてくるがよい。木母寺といえば、ちょうど梅若《うめわか》の念仏法要も終わったばかり、芸者の酌で涙雨を愛でるのも乙《おつ》なものよ」

空を仰げば、春雨が降っている。

ふたりは雨に打たれながら、料亭へ通じる石段をのぼりはじめた。

石段の左右には灯籠が点々とつづき、眼下には昏《くら》い大川が遠望できる。

闇夜に月の煌々《こうこう》とする幻のような風景に見惚《みと》れていると、うっかり足を滑らせそうになった。

「やはり、どうにも腑《ふ》に落ちませせぬ」

「何が」

「西島さまの狙いでござる。殿にはお心当たりがおありでしょうな」

「これといってない。ただ、逢わせたい人物がおるらしい」

「ですから、それは誰なので」

「さあな。聞けば来る気が失《う》せたやもしれぬ」

「事は矢背家の一大事、おはこびにならぬわけにはまいりますまい。それに、西島さまのお誘いをお断りになれば、後々、陰湿な嫌がらせに見舞われるやもしれませぬ。やはり、加賀守さまにご相談なされたほうがよろしかったやにおもわれますが」

「かような瑣事《さじ》につきあうほど、お暇ではないわ」

「嫌な予感がいたします」

「杞憂《きゆう》じゃ。ほれ、着いたぞ」

眼前には楼閣とも見紛《みまご》うばかりの屋敷が聳《そび》えていた。

下足場で草履を脱ぐと、串部は用人から「お供の方はこちらへ」と告げられ、不安げな眼差しを残したまま別室へみちびかれてゆく。

蔵人介は長い廊下を渡り、中庭をのぞむ奥座敷へ通された。

冷え冷えとした部屋で待っていたのは、西島甚三郎と総白髪の痩せた老臣である。

「ん」

蔵人介は身構えた。

「よう来たの、矢背蔵人介」

と、老臣は皺顔を弛《ゆる》める。

何と、中野碩翁であった。

もちろん、顔は知っているものの、はなし掛けられたこともなければ、挨拶を交わす機会もなかった。

それにしても、なぜ、碩翁がいるのか。

何を期待し、鬼役の自分を招いたのか。

蔵人介には、まったく見当もつかない。

「驚いたようじゃの。まあ座れ」

命じられるがまま下座に膝をたたむと、西島と対峙する恰好になった。

笹之間の配置といっしょだが、床の間を背にした上座には、城内屈指の策士で知られる老人が控えている。

「西島。鬼役同士が気兼ねなく膳を囲むのも、そうあることではなかろう」

「は、御前の仰るとおりにござります」

「気楽にな。今宵は無礼講《ぶれいこう》じゃ」

「は、恐れいりまする」

西島は醜い顔に追従笑いを湛《たた》え、銚子を手にして膝を躙りよせた。

碩翁は口をへの字に結び、節榑《ふしくれ》立《だ》った八《や》つ手《で》のような掌をひらりとあげる。

「いや、酌はよい。おぬしらも手酌で飲ってくれ」

「なれば遠慮なく」

西島は猪口に口をつけたが、蔵人介は身じろぎもせずに座りつづけた。

「いかがした。鬼役ともあろうものが、まさか下戸《げこ》ではあるまい」

「下戸ではございませぬ」

「不満げな顔じゃな。宴席に招いたわしの意図、それを知りたいと申すか」

「御意」

「なれば、単刀直入に聞こう。矢背蔵人介、おぬし、わしの密偵になる気はないか」

蔵人介は内心ぎくりとしたが、そこは数々の修羅場をくぐってきただけあって顔には出さない。

「ほほう、顔色すら変えぬとはな。やはり、見込んだだけの器かもしれぬ」

「戯《ざ》れ言《ごと》を仰せになられますな」

「ふふ、戯れ言ではないぞ。そなた、居合を遣うであろう。物腰から推しても、かなりの遣い手とみた」

西島もある程度調べているらしく、訳知り顔で頷いてみせる。

蔵人介は、ふっと片頬に笑みを泛《うか》べた。

「あらぬ噂を立てられては困りますな。拙者は鬼役となるべくして生まれ、鬼役として死んでゆく身。碩翁さまなれば亡き父の行跡をご存じのはず。鬼役は箸は握っても刀は握りませぬ」

「ふはは、脇にある長柄刀は無用の長物と申すか」

「いかにも、ただの飾り物にござります」

「ふん、まあよい。たしかに、そなたの養父のことは存じておる。一徹者の矢背信頼。石よりも堅い頭をしておったが、ふふ、どうやら二代目もその口らしい」

碩翁は、信頼が田宮流抜刀術の達人であることを知っていた。ゆえに、養父の剣技が子に伝授されているにちがいないと踏んだのだ。

蔵人介は、咄嗟にはなしの流れを断った。

「西島どのによれば、望月さまにたいするご沙汰の内容如何《いかん》にかかわらず、拙家が土地を逐《お》われずに済む方法がおありとか。今宵はそれをお聞かせ願うべく、伺った次第にござります」

「番犬を一匹連れてまいったの」

「番犬とは、用人のことでござりましょうか」

「串部とかいう男、あやつもただ者ではあるまい」

「畏れながら、四両二分で雇った浪人づれにすぎませぬが」

「そうやって目くじらを立てるな。そなたがわしの願いを聞きいれてくれれば、土地を離れずに済むよう段取りをつけてやる」

「はて、どのようなご依頼でしょう」

「いちど聞いたら、後戻りはできぬぞ」

「それは困りますな」

「ほっ、困るか。なれば、聞かずに帰るか」

「そういたしましょう」

蔵人介は助眞を摑み、すっと立ちあがった。

「待たぬか。まあ座れ」

碩翁は相好《そうごう》をくずし、銚子を手に膝をすすめてくる。

「吞むがよい、吞めば冷えたからだも温まる。血のめぐりもよくなるぞ」

蔵人介は覚悟をきめ、注がれるままに猪口をかたむけた。

硯翁が身を乗りだし、眸子《まなこ》を覗きこんでくる。

「そなたもしや、加賀守の密偵ではあるまいの……あ、いや、気をわるくいたすな。聞いてみただけのことじゃ。ぬふふ、気をつけるがよい。あやつの側につけば、莫迦をみることになるぞ」

「莫迦をみるとは」

「詳しくは言えぬがな、加賀守は失脚の憂き目に遭うやもしれぬ」

蔵人介は硯翁から目を逸《そ》らし、対峙する西島の顔を睨みつけた。

加賀守の一派に属するはずの男が、へらついた調子で盃を呷っている。

硯翁は林田肥後守の後ろ盾、加賀守を失脚させようとする一派の黒幕かもしれぬ。

そして、蝙蝠《こうもり》男の西島は、間諜《かんちよう》まがいの役目を仰せつかっているのだ。

「さて、本題にはいろう」

硯翁は悠揚と構え、眸子を細めた。

「望月左門を闇討ちにしてはもらえぬか」

「なんと」

「驚くのも無理はない。されど、望月家の行状は目に余る」

それなら、闇討ちではなく、真正面から罪を問うて詰め腹を切らせればよいでははないかと言いかけ、蔵人介は黙った。

考えてみれば、望月は林田一派の番頭格、碩翁とは仲間同士のはずだ。裏を返せば表沙汰にされたくない秘密を数多く握っている。それが老中昇格を狙う肥後守とその一派にとって致命傷になりかねない秘密だとすれば、すべてを闇から闇へ葬りたくなるのかもしれない。

碩翁は禍々《まがまが》しい依頼を口にしておきながら、鷹揚《おうよう》な態度をくずさなかった。

「目付筋に証拠をあげられ、望月家の行状が白日のもとに晒されれば、ご管轄の肥後守さまにご迷惑をお掛けいたすは必定。かばかりか、御上の面目にもかかわってこよう。奸臣《かんしん》を闇で裁くのも正義。どうじゃ、請けてくれぬか」

水を向けられても、はい、さようですかと人殺しを請けおうわけにはいかない。

「無論、見返りは期待してよいぞ」

碩翁は自信ありげに胸を反らし、勿体《もったい》ぶるように吐いてみせる。

「事が成就したあかつきには、望月の後釜となってもらう所存じゃ」

「え」

これには西島も驚き、垂涎《すいぜん》の顔をつくった。

望月左門のつとめる納戸頭は、権威ある布衣《ほい》役にほかならない。

まさに三段飛びの昇進、職禄だけでも今の四倍増となる。

まさか、これだけの好餌《こうじ》に飛びつかぬ阿呆もおるまいと、老策士は高をくって
いたようだ。

「どうじゃ、返答いたせ」

「されば」

蔵人介は居ずまいをただし、凜然と発した。

「お断り申しあげる」

「……な、何じゃと」

碩翁は仰天し、鯉のように口をぱくつかせた。

六

碩翁の依頼を断ったときから、蔵人介は針の筵《むしろ》に座ることとなった。
帰路、内川の渡しから猪牙舟に乗り、月に後押しされながら大川をくだってゆく
と、赤ら顔の串部がはなし掛けてきた。
「殿、相伴にありつけませんでした」

「そのわりには顔が赤いな」

「御酒どころか、あやうく毒を呑まされるところで」

「毒を」

「得体の知れぬ男に酌をされ、御広敷の組頭にならぬかと」

「囁かれたのか」

「はい」

「なるほど、それはたしかに毒だな」

串部のみちびかれた別室には、商人風体の怪しげな男がひとり待っていた。

「年恰好は四十前後。寿《ことぶき》屋庄兵衛《しょうべえ》なんぞと名乗っておりましたが、偽名にござりましょう」

寿屋は閻魔蟋蟀《えんまこおろぎ》のように顔の細長い男で、図体のほうは俵なみにでかい。所作に油断はなく、とても商人にはみえなかった。碩翁の名をちらつかせ、直参への取りたては無論のこと、報酬の額まで提示されたと、串部は説明する。

「前金で百両。首尾よくはこべば、さらに二百両」

「しめて三百両か。依頼の中身は」

「闇討ちにござります」

「ほほう、誰を殺れと」

「長久保加賀守さま」

「ふうむ」

蔵人介は押し黙った。

串部は甘い餌と引きかえに、裏切りを持ちかけられた。

言下に拒んだというが、一抹の不安は拭いきれない。

人というものは、それほど意志の強い生き物ではないと、経験からわかっているからだ。

これも碩翁の巧みな仕掛けなのかもしれない。

味方同士を疑心暗鬼《ぎしんあんき》にさせ、離叛《りはん》の種を蒔《ま》いておくのだ。

我にかえると、串部の不審げな眼差しが張りついていた。

「殿、どうかなされましたか」

「いいや」

「ともかく、敵は百戦錬磨《ひゃくせんれんま》の中野碩翁。どのような策を講じてくるものやら」

「不安か」

「多少は」

無理もない。策士の碩翁ならば、殺しの依頼を拒まれたときのことも想定しているはずだ。

「わしらが拒もうとも、早晩、刺客が放たれるであろうな。いや、今宵にも放たれておるやもしれぬ」

「加賀守さまのもとへ馳せ参じますか」

「あのお方は容易に殺られる御仁《ごじん》ではない。それくらいは、おぬしも熟知しておろうが」

加賀守は佐分利流槍術の練達として知られている。

屋敷内には藪本十内を筆頭に腕の立つ用人たちが控えているので、お呼びが掛からぬかぎり駆けつける必要はない。むしろ、心配なのは望月家のほうであったが、蔵人介は助っ人におもむくほどの義理を感じていなかった。

「たしかに、命懸けでお守りするほどのおつきあいではございませぬな」

「冷たいようだが、今夜のところは抛っておこう」

「いずれにしろ、秘密を知った者はみな、消される運命《さだめ》にありましょうな」

「縁起でもないことを申すな。碩翁のことだ、われらに対して安易な手は打たぬさ」

真綿でじっくり締めあげてくるか、とんでもない陥穽《かんせい》に誘いこもうとするか、どちらかであろう。ただし、考えようによっては、初対面の相手に殺しを依頼しなければならぬほど、切羽《せっぱ》詰まっているのかもしれぬ。

「殿、望月さまの抱えておられる秘密とは、白洲《しらす》に出されてはよほどまずい中身のようでござりますな」

「おぼえておるか。番町の坂下で隼小僧の一味を斬ったであろう」

「は。きゃつらめは加賀守さまの御屋敷から、どこぞの旗本の裏帳簿を盗み……あっ、もしや、旗本とは望月さまのことでは」

「かもしれぬ」

「殿、加賀守さまと義弟どのは、別の道筋から望月家を探索しておられるのやも」

「それを調べるのが、おぬしの役目よ」

「かしこまりました。殿もようやく本腰をお入れなされますのか」

「わしとて命は惜しい。一刻も早く事の真相を探りだし、碩翁の鼻をあかしてやらねばなるまい」

「ふふ、おもしろくなってまいりましたな」

串部は不敵な笑みを泛べた。

加賀守は直参ではない。小藩といえども大名なので、直参とは一線を画す陪臣扱いとなる。したがって、本来は加賀守に仕える串部の立場は陪々臣にほかならず、そうした身分ゆえか、幕府への忠誠心は薄い。むしろ、術策《じゅっさく》を弄《ろう》する直参のお偉方を忌《い》み嫌っているところがあった。

「串部よ。力むのもよいが、まずは腹ごしらえだ。口惜しいことに、料理茶屋の豪勢な膳に箸もつけなんだわ」

「拙者にお任せあれ。芳町《よしちょう》に小粋《こいき》な女将がやっている一膳飯屋がござります」

「ほっ、そいつはいい」

猪牙舟は漆黒の川面をくだり、柳橋の船着場に滑りついた。

芳町まではさほど遠くもないが、蔵人介は串部のつかまえた辻駕籠に揺られた。

足場のわるい道を、駕籠かきはすいすい駆けてゆく。

日本橋の本町《ほんちょう》大路から横丁へ曲がると、魚河岸特有の匂いがしてきた。

芳町には、男娼《だんしょう》を抱えた陰間《かげま》茶屋が軒を並べている。

隣接する芝居町の華やかさとはうらはらに、一歩踏みこめば淫靡《いんび》な雰囲気が漂っていた。

そうしたなかに、めざす一膳飯屋はあった。

「ほう、青提灯《あおちょうちん》か」

駕籠を降りた蔵人介は、嬉しそうに漏らす。

「串部、わしを殿と呼ぶな」

「え、何とお呼びすれば」

「そうよな、矢背どのでよい」

「できませぬ」

「よいのだ。堅苦しいのは抜きにしよう」

「はあ」

提灯には朱文字で『お福』とある。

「女将の名です」

と、串部は恥ずかしそうに言う。

店内は鰻《うなぎ》の寝床のように細長く、とにかく狭い。

亥《い》ノ刻（午後十時）を過ぎたというのに、客で溢《あふ》れていた。

ほとんどは職人風の男たちで、むさ苦しい浪人も混じっている。

「おや、串部の旦那じゃござんせんか」

ふっくらとした色白の女将に出迎えられ、串部は鬢《びん》を掻いた。

この男、どうやら、おふくという年増に惚れているらしい。

「女将、こちらは矢背どのだ。腹にたまるものを食わしてくれ」

「それなら、けんちん汁でもいかが」

「おう、よいな。それがよい」

「さきに燗酒でござんすね」

「わかっておるではないか」

串部は、ごくっと唾を呑みこむ。

床几《しょうぎ》の狭間に腰を落ちつけると、徳利が出された。

つきだしは、ちぎり蒟蒻《こんにゃく》の煮しめに漬けもの。

まわりの客は串部と顔見知りらしく、気楽に声を掛けてくる。

やがて、湯気を立てたけんちん汁の椀がふたつ運ばれてきた。

おふくは上目遣いに、蔵人介を物色《ぶっしょく》しはじめる。

「ちょいといい男だね。お名はなんと仰いましたっけ」

「矢背蔵人介」

「矢背さまだなんて、ちょいとおめずらしい苗字だよ。それに、色合いは地味でも高価なお召し物を着ておられる。もしや、どこぞのお旗本のお殿さまとか」

勘のいい女将は、小首をかしげてみせた。

「まさかねえ。お旗本が一膳飯屋に来るはずないもの」

「おふく、こちらがお殿さまなら、いかがいたすのだ」

横合いから、串部が口を挟んだ。

「もちろん、妾《めかけ》に貰っていただきますわ。ほほほ」

と応じられ、串部は心からつまらなそうな顔になる。

おふくはひっきりなしに喋り、客たちに愛嬌を振りまいた。

だが、鬱陶《うっとう》しさを感じさせない。

生来の色気にくわえ、客あしらいがじつに上手い。

蔵人介は調子に乗って汁を二杯たいらげ、酒を五合ほど呑んだ。

やがて、半刻ほど経ったころ、遠くのほうから呼子《よびこ》の音色が近づいてきた。

「ん、盗人か」

悠長に構えていると、ふたりづれの出職《でしょく》が引き戸を開け、騒々しく躍りこんでくる。

「てえへんだ。隼小僧があらわれたぜ」

ひとりが大声を張りあげた。

「やられたなぁ魚河岸の干鰯問屋、丁字屋さ」

と聞き、蔵人介はいっぺんに酔いが醒めた。

八幡神社でたまさか救ってやった商人ではないか。

江戸に数多《あまた》ある商家のなかで、なにゆえ、丁字屋が狙われねばならぬのか。

ただの偶然では済まされなかった。どうしても、八幡神社での一件と結びつけて考えざるを得ない。あのとき、鞘に触れたと丁字屋に難癖をつけたのが、宗次郎という望月家の次男坊だった。

まさか、あの若造が隼小僧と通じておるのではあるまいな。

「おい、丁字屋の連中はどうなった」

蔵人介は、出職のひとりに質した。

「みんな殺られちまった」

「何だと」

「九寸五分《くすんごぶ》で串刺しにされたなかにゃ、五つの幼子までいたらしい。惨《ひで》えことをしやがる」

蔵人介は、両方の拳をぎゅっと握った。

心の底に燻る蒼白い炎が、めらめらと燃えあがってきた。

七

丁字屋の惨劇から五日経った。

矢背家の周囲では何も勃《お》こらず、いたって平穏な日々がつづいている。

宿直の明けた夜、蔵人介は串部をともない、浅草寺《せんそうじ》のほうへ足を向けた。

随身《ずいじん》門脇の馬道を通りぬけると、吉原大門へとつづく日本堤《にほんづつみ》へ行きあたる。

左右には田畑がひろがり、土手八丁の彼方には遊里の灯がぼんやりみえた。

深更ともなれば静寂があるだけだが、闇に蠢《うごめ》く悪党どもの巣は近い。

土手下田町《たまち》の孔雀《くじやく》長屋は、吉原帰りの遊客を当てこんだ駕籠かきの多く住むところだ。串部は望月宗次郎の動向を見張りつづけ、その結果、隼小僧の塒のひとつとおぼしき隠れ家を嗅ぎつけていた。

「妓楼で揉め事を起こして以来、宗次郎は勘当《かんどう》も同然の身となりました。それでも廓《くるわ》通いは止められず、揚げ代を捻出すべく金策に動きまわり、人伝《ひとづて》に孔雀長屋の高利貸しを紹介されたとか」

「その高利貸しが、閻魔蟋蟀に似た顔の男なのだな」

「はい。あれこれ聞きまわったところ、寿屋庄兵衛にまちがいありません」

碩翁と深く関わっている寿屋が、隼小僧の一味であるかどうかの確証はない。

しかし、いくつかのはなしを繋ぎあわせれば、疑念の芽はふくらんでいった。

何よりもまずは、丁字屋が襲われたことだ。単なる偶然ではあるまい。

宗次郎の口から何かの拍子に丁字屋の名が漏れ、寿屋の耳に残った。それがきっかけとなり、丁字屋の金蔵が狙われたのではないかと、蔵人介は読んだ。

となれば、寿屋は隼小僧と密接な関わりがあるとみてよい。

「殿、辻褄《つじつま》は合いますな」

「ふむ」

隼小僧の頭目は、一方で碩翁の依頼を請け、配下の者たち三人を長久保加賀守の上屋敷へ潜入させた。まんまと盗んでみせたのは、とある旗本の裏帳簿だった。その旗本が望月左門ならば、裏帳簿は碩翁にとって咽喉《のど》から手が出るほどほしい代物《しろもの》にちがいない。

おそらく、碩翁と望月家を繋ぐ結び目に寿屋庄兵衛は介在している。

ことによると、宗次郎が登楼代ほしさに寿屋を訪れたのではなく、寿屋のほうから巧みに誘いこんだのではあるまいか。望月家の内情を探ったうえで破滅へと導くべく、厄介者の次男坊は利用されているのだ。

「庄兵衛なる者、隼一味の頭目かもしれませんな」

何気ない串部のひとことは、あながち外れてはおるまい。

庄兵衛が頭目だとすれば、碩翁は残虐非道な盗人を子飼いにしていることになる。

「調べてみる価値はありそうだな」

「はあ」

と応じつつも、串部は不満げだ。

加賀守は核心を握っているはずなので、この足で桜田御門外の上屋敷を訪ねてみれば、望月家の一件も隼小僧の正体もはっきりするのではなかろうか。それなら、何も苦労する必要はなかろうと考えているのだ。

蔵人介に訪ねてみる気はなかった。

事の善悪はおのれの目で見極めたい。見極めたうえで鉄槌を下すか否かを決めるのだ。

「殿、あれを」

長屋の裏木戸から庇間《ひあわい》へ踏みこむと、奥まった一角に『寿屋』の朽《く》ちかけた看板はあった。

何のことはない、九尺二間《くしゃくにけん》の小汚い部屋だ。

腰高の油障子から、行燈の灯りが漏れている。

「おりますな。斬りかかってこられたら、いかがいたします」

「応じるしかあるまい」

「助眞を抜かれますか」

「ふむ。じつを申せばこの助眞、骨董屋《こっとうや》で探しあてた代物でな。銘《めい》は鑽《き》ってあるが、贋作《がんさく》やもしれぬ」

「盗人を斬るのに、真贋の別は無用でござる」

「なるほど、それもそうだ」

「されば、踏みこみますか」

「よし」

ふたりは大股で戸口に歩みよった。

有無をいわせず、串部が腰高障子を蹴破ってみせる。

「ひえっ」

刹那、若い女の悲鳴が聞こえた。

むんとする熱気のなか、男女が褥《しとね》で睦《むつ》みあっている。

背中いっぱいに刺青《ほりもの》を纏った男が、餅肌の女を組みしいているのだ。

「……な、何でえ、てめえら」

男は首を捻り、うろたえた顔で吐きすてた。

「おぬしこそ何者だ」

串部が逆《さか》しまに質すと、男は胡座をかいて居直った。

「おれか、寿屋庄兵衛よ。表の看板が目にへえらねえのか」

「おぬしが金貸しの庄兵衛なのか」

「ほかに誰がいるんでえ。さてはおめえら、町奉行所の連中だな。なるほど、おいらは御法度の高利貸しさ。しょっぴくんなら早《はえ》えとこ、ふんじばってくれや」

鼻息も荒く発する刺青男をみつめ、蔵人介はほっと肩の力を抜いた。

「串部よ、一杯食わされたな」

本物の寿屋は危険を察知し、身代わりの男を置いていったのだ。

男は情婦を勝手に引きこみ、火鉢で暖めた部屋で抱きあっていたにすぎない。

串部は前触れもなく、ずらっと同田貫を抜いた。

「うひぇっ」

男は鼻面に刀身を翳され、怯えた眸子を寄せる。

萎《な》えたいちもつが反応し、びゅっと小便を弾いた。

「汚ねえ野郎だな。おまえ、いくらで雇われた」

「……ご、五両」

「雇い主は、俵なみに図体のでかい男か」

「……そ、そうさ。おいらは、何も知らねえ」

唾を飛ばす男の脇で、女は熟れた乳房を垂らしている。

串部が刃をおさめると、蔵人介は黙って踵《きびす》を返した。

「おい……ちょっ、ちょいと待ってくれ」

男のうわずった声が、背中に投げつけられた。

「言伝《ことづて》があった。たぶん、おめえさん方にだろう」

「言ってみろ」

串部が応じるや、刺青男は口端を吊りあげ、不敵にも笑った。

「首を洗って待ってな、だとよ」

「何だと」

「おっと、おいらが言ったんじゃねえかんな」

「けっ、死に損ないが」

串部は顔を顰め、痰を吐きすてた。

隼小僧の頭目は、こちらの動きを読みきっている。

なかなか手強《てごわ》い相手だなと、蔵人介はおもった。

八

翌朝、御竹蔵を背にした本所の百本杭に、男の土左衛門が浮かんだ。

それを伝えてくれたのは、頭の禿げあがった下男の吾助である。

蔵人介が養子にはいるずっと以前から、矢背家一筋に仕えてきた。所帯も持たず、これといった血縁もない。忠実な下僕《げぼく》を絵に描いたような老人で、眦に皺を寄せて笑う様子が対面する相手を和ませた。

そんな吾助が体軀を身震いさせ、横溝伝兵衛の名を吐いた。

「どこかで聞いたことのある名だが」

「市之進さまのご朋輩でごぜえやす」

「徒目付か」

「まだお若いのに、お可哀想でなりやせん。市之進さまもさぞや、ご落胆なさっておられることと存じやす」

吾助は洟《はな》を啜り、野良仕事にもどっていった。

矢背家には、こぢんまりとした菜園がある。胡瓜《きゅうり》や菜っ葉や豆、茄子、芋などが植わっているのだが、それらの世話を吾助がやっているのだ。

吾助と入れかわりに、月代頭が騒々しくあらわれた。

義弟の市之進だ。

「ちょうど、おぬしの噂をしておったところだ」

「吾助とですか。廊下で挨拶をされましたよ」

「さようか」

「お聞きになられたのですな、横溝の件」

「ああ、聞いた。朋輩であったな」

「神田撃剣館《げきけんかん》の同門でした」

「神道無念流《しんとうむねん》か」

「たがいに鎬《しのぎ》をけずり、切磋琢磨《せっさたくま》しあった仲でござります」

市之進は悲しいというよりも、怒りを怺《こら》えた眼差しで吐きすてる。

「遺骸《むくろ》を検分してまいりました。胴斬りで一太刀、横溝ほどの手練がたった一撃で斃されるとは、おもいもよりませなんだ。されど、下手人の目星はついております」

「ほう、わしの知る者か」

「望月宗次郎です」

「おいおい、手前勘で軽はずみなことを申すな」

「宗次郎は甲源一刀流の遣い手とか。同流の決め技は胴斬りにござる」

「それだけでは証拠《あかし》にならぬわ」

「目撃した者がおります」

「何だと」

横溝が斬られたのは昨夜、亥ノ上刻あたり。ところは大川端だ。

惨劇の場に出会《でくわ》したのは、微酔《ほろ》いの職人ふたり。目付の役宅で取り調べを受けたふたりの供述によれば、下手人らしき男の外見は宗次郎と瓜ふたつであったらしい。

「おぬしが取り調べに当たったのか」

「いいえ、組頭さまでござります」

「解《げ》せぬな。昨夜は雨模様で月明かりもなかったはず。提灯を翳しておったとしても、夜目ではしかと相手の顔を見定められぬ。だいいち、隣の次男坊がなぜ、おぬしの朋輩を斬らねばならぬ」

「無論、横溝の探索を阻むため。望月家の悪行が暴かれ、しかるべきご沙汰が下されたならば、宗次郎とて無事では済みませぬ」

「ふん、莫迦らしい。何者かの狂言さ」

「さように断じる義兄上の根拠は……根拠をおしめしくだされ」

息巻く市之進の迫力に圧《お》され、蔵人介はことばに詰まった。

徒目付が斬られたとなれば、幕府の面目にもかかわる一大事だ。しかも、目撃者まであるというのに、事態は妙な方向へ流れつつあると、市之進は激昂《げきこう》する。

「妙な方向とは」

「梶山《かじやま》さまから、望月家への探索を打ちきるようにとのお達しがありました」

市之進は横溝のあとを引きつぎ、探索に乗りだしつつあった。その矢先、本件を管轄する目付の梶山大膳《だいぜん》から、探索打ちきりの命が直々に下された。

「ふうむ」

梶山大膳は、派閥でいえば林田肥後守の側に属する。

裏で繋がる碩翁から、圧力を掛けられたに相違ない。

それと察しながらも、蔵人介は何ひとつ発しなかった。

一本気な市之進を裏の役目に引きこむのは、危ういと感じているからだ。

「市之進よ、口惜しい気持ちはわかるが、梶山さまのご指示ならば致し方あるまい」

「唯々諾々《いいだくだく》と従え。そう、仰るのですか」

「従わねば、腹を切らされるぞ」

「けっ、義兄上だけは味方だとおもっておったに」

「無鉄砲なことをするなと言うておるのだ。朋輩の亡骸を静かに弔《とむろ》うてやるのも、友のつとめであろうが」

「笑止《しようし》な。武士ならば仇《かたき》を討つのがつとめにござる」

「弔い合戦か」

蔵人介は相好をくずした。

武士らしい剛直な生き方が嫌いでないだけに、義弟の青臭い気概が清々《すがすが》しく感じられたのだ。

ただし、横溝伝兵衛を殺ったのは、隣家の次男坊ではあるまい。

下手人は何者かの放った刺客であろう。

ともあれ、敵の輪郭が明確になるまでは、下手な動きは慎むべきだ。

「市之進よ、この一件は奥が深そうだぞ。どうであろうな。しばらくのあいだ、わしに下駄を預けてみぬか」

「義兄上に」

「鬼役では頼りにならぬか」

「いいえ。されど、こたびの一件は目付筋のお役目なれば」

「打ちきりのお達しがあった以上、誰が動こうと勝手さ。隣人のことでもある。わしに任せておけ」

「なれば」

市之進は低頭し、懐中から巻紙を取りだした。

「これは横溝が生前、拙者に預けた書きおきにござります」

「ほほう」

「どうぞ、ご覧くだされ」

「ん」

巻紙を捲《めく》ってみると、細かい字で丹念に探索の経緯が綴られてあった。

几帳面《きちようめん》な男だったにちがいない。注目すべきは賄賂の出納《すいとう》表とおぼしき一覧で、おおよそいつ頃の時期に誰からいくら貰ったとか、その金がどこに拠出されたかかなどといった内容が、金額ともども詳細に記されてあった。

これだけの内容をたったひとりで調べ尽くせるものではない。

横溝が何らかの方法で原本を入手し、書き写したのだろう。

もしや、これは加賀守の手にある裏帳簿の写しなのではないかと、蔵人介はおもった。

――ぴーるり、ぴーるり、じゅっ、じゅっ。

籠抜けの大瑠璃《おおるり》が、雑木の梢《こずえ》で鳴いている。

市之進は憤懣《ふんまん》やるかたない様子で、血が滲むほど拳を握りしめた。

そして、ついに我慢できず、目頭を赤くしながら日頃の鬱憤《うっぷん》を吐露《とろ》しはじめた。

「政事に差《さ》し出口《いでぐち》を挟む気はござりませぬが、市井を見渡せば米価諸色《しょしき》は高騰の一途をたどり、民の暮らしむきは逼迫《ひっぱく》しております。にもかかわらず、田沼《たぬま》時代の再来とばかりに公然と賄賂が横行し、金がすべての世の中とあいなり、城づとめの役人どもは上から下まで腐敗しきっておりまする」

義弟の指摘を待たずとも、物価高騰の原因は誰の目にもあきらかだ。

側用人の水野忠成が老中首座となった文政《ぶんせい》元年以降、悪貨を鋳造《ちゅうぞう》乱発したことに起因する。

わかっていながらも、それを口にする幕臣はいない。

公然と憤懣をぶちまければ幕政批判と受けとられ、腹を切らされるだけのはなしだ。

それでも、市之進は抑えきれぬ怒りを爆発させた。

「風紀の箍《たが》が弛みっぱなしです。武士の気骨《きこつ》やつましさはどこへやらと雲散霧消《うんさんむしよう》してしまった。それと符帳《ふちよう》を合わせるかのごとく、いまや、江戸城下は野放図《のほうず》な悪行の温床となりかわりつつある。そうしたなか、重き御役にあるはずの方々は、日夜、権力争いに興じておられる。上様も上様だ。天災飢饉《ききん》で民百姓がどれだけ苦しもうとも、鳥籠のなかで後生楽《ごしようらく》に構え、高みの見物をなさっておられる。武士の矜持《きようじ》を満天下にしめすべく、奸臣《かんしん》どもをひとりのこらず成敗《せいばい》いたせば、どれほど晴れ晴れといたすことか。ひいては、それが世のため人のため……とは、おもわれませぬか、義兄上」

「ふはは、よう言うた。が、公言するでないぞ」

「はあ」

市之進は、憑《つ》き物が落ちたような顔で頷いた。

蔵人介は泰然と構え、書きおきに記された数字を丹念に追った。

それにつけても、あまりに膨大な賄賂の金額に驚嘆せざるを得ない。

「たった一年間で二万両とはな」

二万両といえば、公方の勝手費用にも等しい。

一介の納戸頭が手にできる金額でもなければ、得手勝手に使える金額でもなかった。

「ん、妙だな、市之進よ」

「は」

「これをみろ、商人どもからの賄賂だけで一万両を超えておる」

「そのようですな」

「日本橋魚河岸の肝煎《きもい》り近江《おうみ》屋駒三《こまぞう》、神田青物市場の肝煎り武蔵《むさし》屋吉兵衛《きちべえ》、新川《しんかわ》酒問屋の月野《つきの》屋藤左衛門《とうざえもん》、深川佐賀町《さがちょう》は油問屋の十文字《じゅうもんじ》屋与八《よはち》……いずれもみな、中奥台所に出入りする御用達商人だ」

「いかにも」

「それともうひとつ、共通点がある。わかるか、市之進」

「いいえ」

「これらの大店は、最近になってことごとく潰れておるぞ」

「あっ」

「気づいたようだな」

列記された大店は隼小僧の押しこみ狼藉《ろうぜき》に見舞われ、ことごとく店仕舞いを余儀なくされていた。

「にもかかわらず、裏帳簿に名を載せられ、数千両単位の賄賂を支払ったと」

市之進は、角張った顎を突きだした。

「妙であろうが。しかも、それらすべてが用途不明の供出金じゃ。これだけの金を、一人がわずかな期間で使いきれるわけがない」

「仰るとおりですな」

羅列《られつ》された数字を眺めわたせば、大掛かりな悪事の筋書きが炙りだされてくるような気もする。

「義兄上、わたくしにはいっこうにわかりませぬが」

「ふふ、申したであろう。この一件は奥が深い、一筋縄ではゆかぬとな」

「はあ」

不満げな市之進をよそに、蔵人介はにんまりと微笑んだ。

惜別の宴

一

弥生二十八日の鬼役相番は、疝気《せんき》を患う押見兵庫であった。

今宵は月例の吉日に当たっているので、二の膳の皿は鯛の尾頭付だ。

押見は稀なことに毒味を買ってでた。

「地獄耳の西甚」こと西島甚三郎が疝気の噂をひろめたのが理由だ。

どうしても汚名を返上したいと懇願するので、蔵人介は昼餉の膳も八ツ刻（午後二時）の菓子も見守り役にまわった。

「西甚め、ただではおかぬ」

押見は笹之間の畳を睨み、時折、おもいだしたように吐きすてた。

そして、我にかえっては気まずそうに鬢を掻くといった調子で、終止、落ちつかない。

「押見どの、夕餉の毒味は拙者にお任せあれ」

「何を申される。矢背どのまで拙者を愚弄《ぐろう》するおつもりか」

「大袈裟な。夕餉の真鯛はちと難物ゆえ、ご忠告申しあげたまで」

「いらぬお世話じゃ。そこもとはこの道十八年の練達じゃが、拙者とて鬼役を丸三年もつとめておる」

「三年おつとめになられた押見どののゆえ、申しあげておるのです。余計なことに気を散らせば命取りにもなりかねぬ。それが鬼役でござろう」

「ふうむ」

押見は黙った。

痩せぎすの男の頰はいっそう痩《こ》けおち、凄愴《せいそう》とした面持ちになりかわっている。

「ご指摘はごもっとも。ついうっかり、おのれを見失うところであった。なれど、今宵の毒味は拙者にやらせていただきたい。矢背どのとの相番でお役目をつつがなく終えることができれば、拙者も鼻が高い」

「そこまで仰るなら」

「さいわいにして、今日のところは疝気の虫も疼《うず》かぬ」

「さようですか」

「あれほどの痛みは、やった者にしかわからぬ。錐《きり》で背中を剔《えぐ》られるがごとき痛みでのう。舌を嚙んで死のうと何度おもったことやら。いや、あれほどの痛みに耐えるくらいなら、いっそ腹搔っさばいて死んだほうがましであろう」

「ここは御用部屋にござる。縁起でもないことを申されるな」

「そうであった。ところで、矢背どの」

押見は亀のように首を伸ばし、蒼白《そうはく》な顔を寄せてきた。

「そこもとは林田肥後守さまと長久保加賀守さま、いずれに与《くみ》するつもりなのか」

「はて、何のことやら、わかりかねますが」

「惚《とぼ》けなさるな。空席となった西ノ丸老中の座をめぐり、城内では小判が飛びかっておる。ご存じであろう」

「いっこうに知りませぬ」

「きょっ、めずらしい御仁もあったものじゃ。鬼役の拙者にしてからが、百両を受けもたされておるになあ」

「受けもたされたとは、どういう意味にござります」

「正月の餅配りといっしょじゃ」

双方の陣営は老中の座を射止めるべく、必死の攻防を繰りひろげていた。

長久保加賀守は実力で数段上とみられているものの、やはり、ものをいうのは金である。資金力では林田肥後守のほうが遥かに優位で、大勢はそちらにかたむきつつあった。

餅の配り先は、老中選びにあたって影響力を行使できる立場の御三家や御三卿、本丸ならびに西ノ丸老中などの幕閣重臣のみならず、その奥方や親族から下々の使用人にまでおよぶ。

また、肝心要となる公方の身辺にあっては、側用人を筆頭に奥医師、奥右筆、同朋衆、大奥の年寄や主立った中﨟、はてはお端下《はした》の女中にいたるまで多岐にわたっていた。

押見のごとく旗幟《きし》を鮮明にしている者は、率先《そっせん》して餅配りに精を出さねばならない。

餅を食った者は、また別の者に餅を配る。

鼠講《ねずみこう》とおなじで、餅を配った数だけ手間代がはいる。

押見にしたところで、疝気を癒《い》やすくらいの見返りは期待できるというわけだ。

こうなると金は湯水のように使われ、いくらあっても足りない。老中の座を射止めるために浪費される金は莫大なものとなり、使い方によっては数日のうちに泡と消えてしまう。

調達金に関して、蔵人介は隼小僧の介在を疑っていた。すでに潰れてしまった大店からの供出金、すなわち、悪辣非道《あくらつひどう》な手段で強奪された金が出世争いの軍資金に利用されているのではないか。

考えてみれば、両陣営の争いが激化してゆく時期と、隼小僧の暗躍しはじめた時期は一致する。あれほど派手な動きをしてみせる群盗が、尻尾すら摑まえられないのも妙なはなしだ。町奉行所も火盗改《かとうあらため》も事態を静観せざるを得ないほど、大きな圧力が掛かっているのかもしれない。

強大な黒幕におもいを馳せていると、押見が顎を突きだしてきた。

「矢背どの、わるいことはいわぬ。いまのうちに林田さまのご陣営におつきなされるがよい。長久保さまをご支持いたせば、莫迦をみることになる」

同じようなことを、中野碩翁にも告げられた。

蔵人介は、不快な顔で吐きすてる。

「拙者は無骨者《ぶこつもの》ゆえ、餅配りは不向きにござる。できることは毒味のみ」

「さようか。ま、矢背どのらしいと申せばそれまでじゃ。無理強いはせぬよ」

押見の口調から推すと、西島の寝返りはまだ知らぬようだ。

それきり、ふたりは裃姿で対峙したまま、黙然と過ごした。

夕餉の暮れ六ツ（午後六時）まで半刻と迫ったころ、小納戸の配膳係によって毒味の膳が運ばれてきた。すでに、押見は塗りのほどこされていない竹箸を右手に、懐紙を左手に用意しつつ、緊張の面持ちで待ちかまえている。

「疝気の虫は疼きませぬか」

と、見守り役の蔵人介は念を押した。

押見は薄く笑うだけで、運ばれた膳に気を向ける。

「されば」

「どうぞ」

押見は懐紙で鼻と口を押さえ、箸を器用に動かしはじめた。

毛髪はもちろん、睫毛《まつげ》の一本でも料理に落ちたら、叱責どころでは済まされない。料理に毒味役の息がかかるのも不浄なこととされ、箸で摘んだ切れ端を口へもってくるだけでもけっこうな手間は掛かる。一連の所作《しょさ》をいかに素早く正確におこなってみせるかが、毒味役の腕の見せどころだ。

一の膳の飯と汁からはじまり、向こう付けの酢の物、平椀とつづく。

押見の毒味は、淡々とすすんでいった。

堂に入った毒味ぶりだが、蔵人介にしてみれば歯痒《はがゆ》くて仕方ない。

そっくり膳を貰いうけ、半分の手間で済ませてみせる自信はあった。

二の膳の吸い物を済ませると、押見は額に滲んだ汗を晒布《さらし》で拭った。

いよいよ、つぎに控える皿は、真鯛の塩焼きである。

「無理をなさらずともよろしいのですぞ」

蔵人介は労《いたわ》りのことばを掛けた。

押見は反応もせず、真鯛の尾頭付に取りかかった。

竹箸の先端で丹念に骨を取り、なるべく元のかたちを保ったまま、適度に身をほぐしてゆく。頭、尾、鰭《ひれ》のかたちをほとんど変えずに骨を抜きとるのは、熟練を要する至難の業《わざ》だ。

四半刻《しはんとき》余りの格闘の末、ようやく、難しい作業は終わった。

「ふうっ」

母が嬰児《みどりご》を産みおとすかのごとく、押見は達成感に溢れた表情をつくる。

最大の難関を乗りこえたら、あとは置合《おきあ》わせの蒲鉾《かまぼこ》と玉子焼、鴨の炙り肉、お壺《つぼ》の鱲子《からすみ》などを毒味すれば、無事にお役目は終了する。

ほっとしたのもつかのま、賄方から追加の一品が運ばれてきた。

押見はうろたえ、聞いておらぬぞという顔をする。

「上様ご所望の俵物《たわらもの》にござる」

と、係の者が給仕の小姓からの伝言を口にした。

出された一品は汁だ。

大振りの平椀に盛られており、蓋を取るとわずかに薬膳の香りが匂いたった。

「矢背どの、これは」

「珍しいお品ですな。鱶《ふか》の鰭にござるよ」

「なるほど、これが鱶鰭か」

「清《しん》国では魚翅《イウチー》と申します。琉球《りゅうきゅう》渡りのお品でしょう」

「琉球渡りか」

「俵物のなかでも最高級の一品、上様は以前にも二度ほどご所望なされました」

「それほどのものか。なれば、食してみねばなるまい」

蔵人介は胸騒ぎを感じ、空唾を呑みこんだ。

押見は身を乗りだし、鱶の鰭を箸で摘む。

切れ端を口に入れて頬張り、美味そうに咀嚼《そしゃく》しはじめた。

「ふんふん、なかなか美味じゃな」

にやりと笑った途端、押見はぶっと血を吐いた。

そのまま、膳のうえに顔から落ちてゆく。

膳がひっくりかえり、汁の中身が畳にぶちまかれた。

押見は胃袋を鷲摑みにしながら、のたうちまわっている。

「むう……誰か、誰かおらぬか」

蔵人介は押見の肩を抱きおこし、襖にむかって叫んだ。

すぐさま、小納戸の連中が飛んできた。

「矢背さま、いかがなされました」

「鱶鰭じゃ。毒が仕込んであった」

「何ですと」

詳しく調べるまでもあるまい。効き目の早い附子《ぶし》の毒あたりが、鱶の鰭に塗りこんであったのだろう。

押見は全身を激しく痙攣《けいれん》させ、ごぼごぼと血を吐きつづけた。

集まった連中は騒然とし、騒ぎは波のようにひろがってゆく。

押見は眸子《まなこ》を瞠り、宙をもがくようにしながら、ことされた。

「哀れな」

蔵人介は亡骸《なきがら》を畳に寝かせ、瞼をそっと閉じてやる。

情況から推して、狙われたのは公方ではない。

あきらかに、鬼役の毒殺を狙った所業《しょぎょう》だった。

的は押見ではなく、自分だったのかもしれぬ。

悪事を嗅ぎつけたがゆえに、的とされたのだ。

背筋に悪寒《おかん》が走った。

「控えよ。みなの者、うろたえるでない」

廊下に抑制の利いた怒声が響いた。

碩翁だ。

木母寺境内の『有明亭』で逢って以来のことだ。

老練な策士は偉そうに顎をしゃくり、随伴させた奥医師に押見の脈をとらせた。

奥医師が首を横に振るのを待ち、周囲を威圧してみせる。

「よいか、事を荒立てるでないぞ。すでに、上様は大奥へおはこびあそばされた。大事ない」

みなの緊張が解けるのを待ち、碩翁は毅然《きぜん》とつづける。

「わかっておろうの、これは何かのまちがいじゃ。押見はかねてよりの持病が原因で発作を起こし、お役目を全うできずに頓死《とんし》したのじゃ。御用部屋にての失態、断じて許すまじきことなれば、追ってご沙汰のあるまで、通夜ならびに葬儀などはいっさいとりおこのうべからず。この伝言、急ぎ家人に申しつたえよ」

「なっ、お待ちくだされ」

蔵人介は畳に這った。

いったいなんの権限があって、碩翁が采配《さいはい》を振っているのか。

それを詰《なじ》るよりも、毒殺を隠蔽《いんぺい》しようとする態度に、蔵人介は腹を立てた。

「中野さま、押見どのの死因は毒をふくんだがゆえのこと、それは誰の目にもあきらかでござる」

「ほう、鬼役風情が意見するか」

「いいえ、真実を申しあげたまで」

「矢背とやら、戯れ言を抜かすでないぞ」

「戯れ言ではござりませぬ」

「おぬしは医師か。医師でもないのに、なぜわかる」

「一部始終をみておりました」

「よし。なれば、こちらにおわす権威ある奥医師にお訊ねいたそう。慶庵《けいあん》どの、これにある亡骸の死因や如何《いか》に」

「はい。疝気の発作により、心ノ臓が停まったやにおみうけいたしまする」

慶庵なる奥医師は顔色も変えず、さらりと嘘を吐いてのける。

「矢背蔵人介よ、聞いたか。餅は餅屋じゃ。うぬのごとき鬼役づれがしゃしゃり出る幕ではないわ」

碩翁の大喝《だいかつ》を頭上に浴び、蔵人介はぎりっと奥歯を噛みしめた。

二

もはや、一刻の猶予もならぬ。

安閑《あんかん》としていたら、毒殺されるか寝首を掻かれる。

かといって、蔵人介に打つ手はなかった。

焦燥と苛立ちは、面にも出はじめている。

「蔵人介どの、いかがなされました。ここ二、三日、お顔の色がすぐれぬようじゃが、何か悩み事でもおありか」

凛とした物腰で穏やかに問うのは、養母の志乃であった。

仏間へみちびかれ、気づいてみれば対座を余儀なくされている。

志乃は芯が強く、品格を感じさせる女性だ。

しかも洞察力《どうさつりょく》に富み、行動力もある。

すべてが完璧に備わっているだけに、蔵人介は苦手にしていた。

部屋のなかは抹香《まっこう》臭く、膝のまえには抹茶が泡を立てている。

「お飲みなされ。すこしはお気も休まるでしょう」

「はあ」

蔵人介は先祖伝来の天目《てんもく》茶碗を手に取り、ずずっと抹茶を啜った。

雪の結晶を張りつけたような天目の底を眺め、よいお点前《てまえ》でしたなどと惚けたことを抜かす。

志乃は茶道具を脇に片づけながら、何気なしに語りはじめた。

「ご懇意にさせてもらっているお方に、御拝領地に関する切坪《きりつぼ》（分筆）のお手続きは面倒なのでしょうかとお訊ね申しあげたところ、さほど面倒なことでもないと仰いましてね」

「はあ」

相槌《あいづち》を打ちながらも、蔵人介には何のことやらわからない。

「面倒でないと申すのは、お役人にやっていただく手続きのことでござります。こちらが望んでも、お相手のあることだからね」

「あの、養母上《ははうえ》」

「はい」

「もしや、どこぞの御拝領地を譲りうけるおつもりですか」

「やっとおわかりになったの。ずいぶんと血のめぐりがよろしいこと」

はなしの筋がみえてきた。

「そうですよ。お隣の望月さまから御拝領地をお分けしていただきます。当主のあなたにご同意願えればのおはなしですけれど」

「そうなさるにしても、いくばくかの金が要りましょう」

「ご心配なく。俎河岸の御拝領地を綾辻さまにお譲りします。さすれば、捻出もできましょう」

拝領地というだけあって、幕府から幕臣に下賜《かし》される土地ではあったが、旗本同士であれば譲渡の例はいくらでもある。

書面上は売買とされず、いったんは幕府に返却されたうえで、しかるべき相手に与えた形式をとる。理由はかなり適当なもので、幕府に不利益を生じさせなければそれでよい。

「養母上。されど、望月さまが諾《だく》するともおもわれませぬが」

「なぜです」

「御拝領地の一部が減じられるのでございますよ」

「今もそうでしょう。土地の一部に他人の屋敷が建っているのだし」

「それはそうでございますが」

「切坪の手続きをおこなうだけで、情況は何ら変わりませぬ」

「にしても、やはり、望月家の沽券《こけん》に関わってまいりましょう」

「ご当主ご本人に聞かれたのですか」

「いいえ」

「わたくしは昨日、お会いしましたよ」

「えっ」

あっさり言われ、蔵人介は顎が外れるほど驚いた。

望月家を訪ねてみなければなるまいと考え、躊躇《ちゆうちよ》していた矢先のことだったからだ。

「ご当主のご心労がどれほどのものか、それをおもいやっておあげなされ。奥様にしてもそれはもう心配でたまらず、夜もおちおち眠れぬ日々がつづいておられるのですよ」

「はあ」

望月家の奥方と志乃は年齢も近く、平常《ふだん》から懇意にしている。奥方の口添えもあって、図々しくも家の奥にまで踏みこんでいったらしかった。

「ご心労の原因は、ご次男の宗次郎どの。あのお方は幼い時分より、ひねくれたところがありました。それゆえ、秘かに案じておりましたが。わたくしに言わせれば、廓通いなぞは若気《わかげ》のいたり、周囲が大騒ぎするようなことでもありませぬ」

志乃は妖しげに笑い、口もとをすぼめた。

「されど、それは他人なれば申しあげられること。宗次郎どのの行状はお城の方々の知るところとなり、ご長男には蟄居のご沙汰が下されるとか。ご当主のお悩みは深く、床に臥せってしまいに」

「さようでござりましたか」

「そうした折も折、まことに厚かましいこととは申せ、心を鬼にしてお願い申しあげたのです」

「土地を譲ってくれと」

「はい、差しでたことをいたしましたか」

「い、いいえ」

望月家の内情をすべて知ったうえでの動きではあるまい。

ただ、生得《しょうとく》の鋭い勘が志乃を突きうごかしたのだ。

たしかに、切坪の手続きさえ済ませておけば、たとえ望月家が廃絶《はいぜつ》の憂き目に見舞われたとしても、矢背家は安泰でいられる。

「もちろん、右から左へというわけにはまいりませぬ」

「と、申されますと」

「望月さまは、ひとつ条件を出されました」

「はて、何でしょう」

「宗次郎はできのわるい子だが、それだけに可愛さもひとしお。万が一のときはどうか、身の立つようにしてやってほしいと」

「それで、養母上はどう応じなされた」

蔵人介の問いに、志乃は平然とこたえた。

「ぽんと、胸を叩きましたよ」

「浅はかな」

「なぜ」

「ご近所の噂によれば、宗次郎は札《ふだ》付きの厄介者、どのような悪党と裏で繋《つな》がっているやもしれませぬ。関わったら迷惑をこうむりますぞ」

「おや、あなたらしくもない。厄介者を立ちなおらせるのが、鬼役どののお役目でしょうに」

居候の更生などという役目を課されたおぼえはないが、志乃の言い分もわからぬではない。

「困っているときは、おたがいさまでしょう」

「はあ」

「躊躇している暇などありませぬよ。わたくしが胸を叩いたその場で、望月さまは宗次郎どのの籍を抜かれると仰いました」

「籍を抜く」

「ええ、望月家とは縁もゆかりもない御仁になられるのです。それだけではありませんよ。奥様にも三行半《みくだりはん》をしたため、ご実家へおもどしになられるご所存とか」

そこまで肚をくっているとは、蔵人介にも読めなかった。

あきらかに、刺客の手がおよぶのを予期しているのだ。

「これも隣人の誼《よしみ》。望月さまを助けておやりなされ」

志乃は覚悟を促すように、強い眼差しを向けてくる。

先代の信頼は養子で、志乃が矢背家の直系であった。鬼の血を継いでいるだけに迫力がある。しかも、すべての事情を知りつくしたうえで、諭しているかのようだった。

もしや、加賀守から託された裏の役目を察知しているのではあるまいかと、蔵人介は勘ぐった。

「ともあれ一刻も早く、お隣をお訪ねになりなさい」

志乃は用は済んだとでも言わんばかりに、仏壇の御鈴をちんと鳴らす。

蔵人介は頭《こうべ》を垂れ、静かに仏間を去った。

三

蔵人介は転居から六年経って、はじめて隣家の門を潜った。

顔見知りの門番に一礼し、豪勢な棟門から内へ入ると、頑丈そうな石灯籠に迎えられた。

前庭には大振りの立木が何本も植わっており、鬱蒼《うっそう》と若葉を繁らせている。

出迎えにあらわれた望月家の妻女は、志乃と同年輩とはおもえぬほど老けこんで

いた。顔からは表情が抜けおち、墓場から出てきた亡者《もうじゃ》のようでもある。

がらんとした屋敷内は寒々としていた。

蔵人介は暗い廊下を渡り、饐《す》えた臭いのする奥座敷へ導かれていった。

当主の望月左門とは城内で会釈を交わす程度だが、恰幅《かっぷく》のよいはずのからだも窶《やっ》

れはて、おもわず目をそむけたくなる。

それでも、望月は気丈《きじょう》を装って床をあげ、蔵人介を待ちかまえていた。

「鬼役どの、よくぞみえられた。むさくるしいところじゃが、遠慮のう、くつろい

でいただきたい」

「は」

「拙宅は、はじめてであったの」

「母子ともども図々しく押しかけ、恐縮にござります」

「なんの。常日頃から、もそっと懇意にさせてもらうべきであったわ。それにつけ

ても、六年間でたったいちどきりの来訪とはな。これほど縁遠い隣人もおるまい」

「義理を欠いたのは拙者めにござる。面目次第もござりませぬ」

「よいよい。志乃どのにはいつもお世話になっておる。あいかわらず、利発なお方よな。ところで、鬼役どのはおいくつになられた」

「四十三の後厄《あとやく》にござります」

「なるほど、隣に疫病神がおったわけか……あ、いや、失礼つかまつった。気にせんでくれ。わしなぞはもう、還暦を疾《と》うに超えたわ。いつなりとでも、迎えがやってきてもよい年じゃ」

「弱気なことを。お見受けするかぎり、十はお若くみえますぞ」

無論、そうはみえない。面《かお》に死相が浮かんでいる。

「世辞《せじ》でも嬉しいな。ひさかたぶりに、浮かれた気分じゃわい」

と、そこへ白髪の妻女が音もなくあらわれ、茶を置いていった。

奥座敷からは裏庭を眺めることができ、裏庭の端にある勝手の向こう、矢背家との境界を分かつ高い生垣がみえる。

雑木が何本も植わっているのだが、前庭のように手入れは行きとどいていない。

蔵人介は熱い茶を啜りながら、不思議そうに雑木をみつめた。

「鬼役どの、いかがなされた」

「は、拙者はいつも、あの生垣の向こうにある縁側に座っております」

「ほう」

「こうして反対から眺める風景が、なにやら不思議でたまりませぬ」

「鬼役どのとわしは、おなじ景色の表と裏を眺めておったというわけか。たしかに妙な気分じゃ。けっして表からはみえず、裏からしかみえぬこともあるじゃろうて。いずれにせよ、生垣を乗りこえた雑木の枝は邪魔であろう。こちらで剪定《せんてい》させてもよいが」

「いいえ。四季を通じて恩恵に与っておりますれば、それにはおよびませぬ」

「さようか」

望月は睫毛を瞬き、わずかに涙ぐんだ。

「鬼役どの、老《お》い耄《ぼ》れの愚痴とおもうて聞いてくれ」

「は」

「この左門、ながらく徳川家の行く末のみを案じつつ、ご奉公つかまつってまいった。ところが、何処かで道を踏みあやまり、深い霧のなかへ迷いこんでしまったようじゃ」

納戸頭は何かと誘惑の多い役目、当初は身を引きしめていたつもりでも、誰であろうと知らぬまに毒水を啜るようになってしまう。

「毒水は甘露《かんろ》にも似て美味でのう、いちど味をおぼえたら忘れられぬ。目が醒めてみれば魑魅魍魎《ちみもうりょう》どもに取りかこまれ、息もできぬありさまになっておった。跡目を継ぐはずの倅《せがれ》にも、すまぬことをしたとおもっておる。万が一のときは、倅も腹を切らねばなるまい。されど、妻女と次男坊にだけは、なんとしてでも命を全うしてもらいたいのじゃ」

「仰る意味がわかりませぬ」

「わからずともよい。つまらぬはなしを聞かせてしもうた」

望月は苦しそうに咳きこみ、しばらくして立ちなおった。

「鬼役どの。じつを申せば、ご先代にはずいぶんと世話になったのじゃ」

「さようでござりましたか」

「聞いてはおらぬであろうの、志乃どののこと」

「養母《はは》のこと」

望月は裏庭に遠い目を向け、にっこり微笑んだ。

「さよう。ふふ、ご先代の信頼どのとわしは恋敵でのう」

「へ」

「若い時分は志乃どのを争った間柄なのさ。まかりまちがえば、わしが矢背家の養子にはいり、鬼役になっておったかもしれぬ」

「なんと」

「驚くのも無理はない。が、そなたとて、気に病むほどの年でもあるまい。ただし、志乃どのには黙っておくがよいぞ」

「はあ」

「もうひとつ。わしはな、そなたに課された裏のお役目も察しておる。ご先代もおなじお役目に就いておられたからな」

蔵人介はどきりとし、貝のように口を閉じた。

「評定の猶予も与えず、幕臣どもの悪事不正を一刀のもとに断つ。なるほど、そうしたお役目も、御上にとっては必要欠くべからざるものと心得ておる。されどな、こたびの敵は強大じゃ。たとい、鬼役どののお力添えを頂戴できたとしても、五分の闘いができるかどうか。阻むことはまず、容易ではなかろうな」

「望月さま」

蔵人介は、膝を躙りよせた。

「事情を詳しくお聞かせ願えませぬか」

「待て。事情を知れば、そなたは命を狙われよう」

「なんの、すでに魔の手はおよんでござる。昨夜、相番の押見兵庫どのが毒殺されました」

「なに、そうであったか」

蔵人介は「西甚」こと西島甚三郎に誘われ、木母寺境内の『有明亭』へ出向いた
ときの経緯を正直に喋った。

「まさか、碩翁さまが闇討ちを画策なされようとはな」

「おそらく、鬼役の毒殺を謀《はか》ったのも、かの御仁であるやに推察されます」

「さようかのう」

「ともあれ、望月さまは林田肥後守さまの大番頭、なればこその口封じと邪推申し
あげましたが」

望月は林田肥後守の金庫番として、派閥争いの渦中に身を置くこととなった。資
金づくりに憂慮したあげく、上からの指示で隼小僧と手を結ぶ禁じ手におよんだ。

それを長久保加賀守の一派に嗅ぎつけられ、証拠となる裏帳簿を奪われた。奪われ
たことの責めを負わされ、崖っぷちへ追いこまれつつあるのだ。

右のような筋書きを述べると、望月はなぜか、ふっと笑った。

「わしは知りすぎた男、口封じをされても文句は言えまい。なれど、事情はもそっと入りくんでおる」

「どのようにでござりますか」

「すまぬが、喋りたくない」

黙りこむ望月の様子を、蔵人介はそっと観察した。

追いこまれた老人の顔色は、蒼白というよりも灰色にみえる。

「望月さま。やはり、黒幕は碩翁さまにござりましょうか」

「かもしれぬ。されど、短兵急《たんぺいきゅう》に決めてかかってはならぬ」

望月はふくみをもたせたうえで口を噤《つぐ》み、苦しげにまた吐きすてた。

「鬼役どの。わしが死んだら、宗次郎のことを頼む。あれを支えてやってほしい。なぜか知らぬが、鬼役どのに敬意を払っておるようでの」

「敬意を」

「ふむ、幼心に焼きついた思い出でもあるのじゃろう。鬼役どのが意見してくれればば、あれはきっと聞く。どうであろうの、お願いできようか」

「できるだけのことはいたしましょう」

「ほ、さようか。これでひと安心じゃ」

望月は肩の力を抜き、眸子を瞑《つむ》って死んだように押し黙る。

蔵人介は、こほっと空咳を放った。

「望月さま。お聞きしたいことが」

「おう、どうした」

「宗次郎どのは、今どこにおられます」

「ここ数日、吉原の『桔梗屋《ききょう》』に入りびたっておってな。金なぞ鐚一文《びたいちもん》も与えておらぬというに、夕霧《ゆうぎり》なる太夫《たゆう》を揚げての。くふっ、わしの若い時分に似て色好みなのじゃ。根はわるい男ではないのだが、なにせ、一筋縄ではいかぬひねくれ者での」

望月は力無く笑い、また黙りこむ。

蔵人介は焦れたように、膝を躙りよせた。

「望月さま。やはり、これだけはお聞きしておかねばなりませぬ」

「何であろうな」

「隼小僧を操る者の正体やいかに」

「それか」

望月は口を真一文字に結び、天井を睨みつけた。

蜘蛛《くも》が糸を垂らし、するすると鼻先へ舞いおりてくる。

その様子を不思議そうに眺めつつ、病んだ老臣は嗄《しやが》れた声を絞りだした。

「言うても信じまい。知れば、地獄のとばぐちに立たされたも同然となろう」

「のぞむところです」

「なれば、教えてつかわす」

望月は、とある人物の名をぼそっと吐いた。

その瞬間、蔵人介は聞いてしまったことを後悔した。

なるほど、信じる信じないは自分次第。だが、切羽詰まった納戸頭の顔は真実を物語っているとしかおもえなかった。

四

晩になり、蔵人介は用人の串部六郎太ともども、吉原へ足を延ばした。

柳橋や深川で粋に遊ぶのは好きだが、厚化粧の遊女たちが格子《こうし》内で張見世《はりみせ》をおこなう吉原の煌びやかな情景には馴染めない。

蔵人介は深編笠をかぶり、仲之町《なかのちょう》から横丁に逸れた暗がりに佇んでいた。

串部が呼びこみを振りきり、肩を怒らせながら近づいてくる。

「おったか」

「は、おりました。紅襦袢《べにじゅばん》を羽織り、赤ら顔で踊っております」

「とりつく島もない阿呆だな」

「放っておきますか」

「望月さまと契りを交わした手前、それはできぬ。宗次郎がどこまで悪党どもと関わっておるのかも、この際、たしかめておきたい」

「しかし、よく金がつづくものです」

「そこよ。誰の金で遊んでおるのか」

溜息を吐くと、串部はにやりとした。

「桔梗屋の楼主が怪しいですな」

「ほう、なぜ」

「宗次郎の入れあげておる夕霧は、桔梗屋の看板を張る御職《おしょく》であるばかりか、いまや吉原一の人気者。座敷に呼ぶだけでも五十両の揚げ代が飛んでゆくとか申します。それだけの太夫を侍らせることのできるお大尽《だいじん》は、そうはおりませぬ。旗本の厄介者がどうあがいたところで、夕霧は高嶺《たかね》の花のはず」

にもかかわらず、桔梗屋に入りびたっていられる理由は、楼主がなんらかの狙いで遊ばせているとしか考えられないと、串部は言う。

「楼主のことは調べてみたのか」

「あらかた調べてはみましたが、桔梗屋長兵衛《ちょうべえ》なる男、いっこうに顔がみえませぬ」

「というと」

「妓楼の仕切りは、おまきという女将に任せ、人前に顔を出そうとせぬのです。雇い人でも顔をまともに拝んだ者はおらず、幽霊の長兵衛なぞと噂されているほどで」

「おもしろい」

興味をそそられる男だが、いまは宗次郎を二階座敷から引きずりだすのが先決だ。

「手荒なまねは控えたい。串部、方策は」

「顔の利く女をひとり、もぐりこませております」

「手まわしのよいことだな。で、その女とは」

「殿もご存じの者でござる。とりあえず、見世に揚がりましょう」

「ふむ」

蔵人介は編笠をとり、浮かぬ顔で串部の背につづいた。

張見世のおこなわれている朱塗りの籬《まがき》を通りすぎ、入口の妓夫《ぎゆう》に大小を預けてから、桔梗屋の暖簾《のれん》をくぐる。

突如、ぱっと目のまえが明るくなった。

鼻先には八間《はちけん》（吊り行燈）の吊るされた大広間が広がっており、賑《にぎ》やかな嬌声《きょうせい》に溢れている。

手前の土間には米俵が積みあげられ、酒樽や大竈《おおかまど》が所狭しと並んでいた。

大広間は屏風《びょうぶ》でこまかく仕切られ、新造《しんぞう》たちが廻し部屋として使っている。

艶やかな着物を纏った新造たち、茶を運ぶ禿《かむろ》たち、気もそぞろな遊客にまじって三味線を担いだ箱屋《はこや》などのすがたもある。

左手の隅には、障子屏風に囲まれた内証《ないじょう》が控えていた。

金精進《こんしょうじん》を祀る縁起棚や帳場箪笥、客取表や大福帳のぶらさがるなかに、肥えた女将が撫牛《なでうし》のように座っている。

奥まったところから大階段を上ると、右手の遣手《やりて》部屋から知った女が顔を出した。

「おぬしは」

「芳町のおふくですよ」

「一膳飯屋の女将か」

「あら、うれし。おぼえていてくれたの」

「串部、これはいったい」

「は、おふくはそもそも、廓《くるわ》の女にござりました」

商人に身請《みう》けされて妾《めかけ》になったが、その商人が御禁制《ごきんせい》の品を扱った罪で闕所《けっしょ》となり、蓄財のすべてを御上に取りあげられてしまった。捨てられたおふくは裸一貫から一膳飯屋をはじめ、近頃になってようやく生活の目処《めど》がついたのだと、串部は説明する。

「これでも、廓で妍《けん》を競った花魁《おいらん》でありんすよ」

おふくは流し目でしなをつくる。

「ねえ、矢背のお殿さま」

どうやら、旗本の素姓はばれているらしい。

串部の語るところでは、おふくと桔梗屋の遣手婆《ばばあ》は古いつきあいで、たいていのことなら聞いてもらえるという。

「おふく、宗次郎はどうしておる」

「酩酊《めいてい》しておられますよ。もうすぐ夕霧が厠《かわや》へ立ちます。その隙にお連れなさったらいかがでしょう」

「すまぬ、恩に着る」

「お安い御用ですよ。串部の旦那には、いつもお世話になっておりますからね」

串部は耳まで赤くさせ、鬢をしきりに掻いた。

二十畳の引きつけ部屋から、客たちの笑い声が聞こえてくる。

二階《にかい》廻《まわ》しの連中や蓬莱台《ほうらいだい》を掲げる若い者が廊下を行きかい、時折、着飾った遊女たちも酒席を退いてすがたをみせた。

こちらに目をくれる者はいない。かまっている暇もないほど忙しいのだ。

蔵人介たちは、遣手部屋で『山屋《やま》』の掬《すく》い豆腐などを食べながら待った。

「柚子《ゆず》の風味がよいな」

などと言いながら舌鼓を打っていると、奥座敷から遣手婆に伴われ、ひときわ豪華な衣裳を纏った花魁があらわれた。

「夕霧ですよ」

おふくが囁く。

燈籠鬢《とうろうびん》に満艦飾《まんかんしょく》の簪《かんざし》笄《こうがい》、雛《ひな》人形のように美しい遊女が雲上を滑るように歩んでくる。

夕霧の手を取る遣手婆は、ちらとおふくをみやり、目顔で合図をおくってきた。

「さあ」

おふくに誘われ、蔵人介と串部は奥座敷へ消えてゆく。

八畳間の襖を開けると、宗次郎がたったひとりで脇息《きようそく》にもたれていた。

とろんとした眸子《まなこ》で、だらしなく笑ってみせる。

「おや、夕霧かい。ずいぶんお早いおもどりで」

男と女の区別もつかぬほど、したたかに酔っているのだ。

蔵人介は大股で歩みより、宗次郎の頬を平手で張った。

「うへっ」

鼻血を流しながらも、厄介者の若僧は水母《くらげ》のようにふにゃふにゃしている。

「だめだな、こりゃ。串部、背負ってゆけ」

「は」

串部は嫌な顔ひとつせず、宗次郎を背負いあげた。

廊下へ出ると、おふくが大小を抱えて待っており、蔵人介たちは大階段ではなく
勝手口のほうへ導かれた。

「まるで、盗人のようだな」

「女将のおまきにみつかったら、面倒なことになりますからね」

「助かったぞ、おふく」

蔵人介は、にっと皓《しろ》い歯をみせて笑う。

「あら、お殿さまったら」

おふくは可愛げに小首をかしげ、いそいそと従《つ》いてきた。

串部はとみれば、耳許に酒臭い息を吹きかけられ、辟易《へきえき》としている。

勝手口から外へ出ると、漆黒《しっこく》の闇がわだかまっていた。

表通りの華やかさは微塵《みじん》も感じられない。それもそのはず、露地を曲がってどぶ板通りをすすめば、行きつく先は羅生門《らしょうもん》河岸であった。

「遊女の堕ちる生き地獄にござんすよ」

おふくは身震いしてみせる。

鬼が棲むといわれる羅生門河岸は、零落《れいらく》した遊女たちの集まる吉原の吹きだまりだ。大路の表と裏とでは、天国と地獄のちがいがある。

蔵人介たちは、地獄の入口までやってきた。

突風が吹きぬけ、裾をさらってゆく。

「おや」

真っ暗などぶ板通りのむこうから、桔梗紋を象《かたど》った提灯が揺れながら近づいてきた。

五

提灯はふたつ、三つと増えつづけ、気づいてみると二十を超える提灯が渦のように取りまいている。

「待たねえか」

提灯のひとつが、低い声を漏らした。

「てめえら、宗次郎をどこへ連れてくつもりだ」

おふくは頰を強張らせ、蔵人介の背に隠れた。

串部は宗次郎をどぶ板のうえに抛《ほう》り、同田貫《どうたぬき》の柄に手を掛ける。

蔵人介はこれを制し、提灯の背後に控える人影に声を掛けた。

「何者だ、おぬしは」

「桔梗屋の忘八《ぼうはち》、長兵衛だよ」

「ほほう、おぬしが長兵衛か」

廓の楼主というのは、世間を欺《あざむ》く表の顔にちがいない。

「裏の顔は、隼小僧の頭目ではないのか」

「さすがは矢背蔵人介、勘が鋭いな」

暗闇からぬっとあらわれた男は、六尺余りはあろうかという巨漢だった。

「あっ」

串部が声をあげた。

「殿、有明亭の男です。閻魔蟋蟀に似た顔の」

「寿屋庄兵衛だな」

「くふふ」

大男は薄く笑い、月代頭を撫でまわす。

「寿屋か、そんな名もあったなあ。ま、てめえらが一筋縄じゃいかねえってことはわかっていたさ。向島の爺《じじい》も耄碌《もうろく》したもんだぜ。てめえらを本気で抱きこもうとしたんだからな」

「向島の爺とは、碩翁のことか」

「そうよ。あの爺にゃいい目をみさしてもらったが、そろそろ切れどきさあ」

「おぬしには聞きたいことが山ほどある」

「そんな暇はねえ。地獄で閻魔にでも聞いてくれや」

身構える長兵衛の五体から、殺気が放たれた。

「待て。ひとつだけ教えろ。おぬしらは商家を襲って金を奪った。にもかかわらず、せっかくの大金を望月左門のもとへもちこんだな。見返りは」

「こたえる気はねえと言ったろ」

「冥途《めいど》の土産《みやげ》に教えてくれ」

「冥途の土産か。よし、教えてやる。見返りはな、盗人お構いなしの御墨付《おすみつ》きだよ。町奉行所も火盗改も、おれたちにゃ手が出せねえって寸法さあ。これほど痛快なはなしはねえぜ」

「なれば、もうひとつ。宗次郎を廓で遊ばせておく理由は」

「そいつはおれも聞かされてねえ。当面のあいだ、青臭《あおくせ》え旗本の厄介者を預かってほしいと頼まれたのよ」

「誰に頼まれた、碩翁か」

「ふへへ、ご想像にまかせるぜ。さあて、土産はこれで充分だろう。そろそろ、三途《さんず》の川を渡ってもらおうかい」

長兵衛が顎をしゃくると、強面《こわもて》の手下どもが提灯を抛り、一斉に刃を抜いた。

段平《だんびら》もあれば、匕首もある。長刀もあれば、管槍《くだやり》を手にしている者までいる。

こいつらは、ただの小悪党ではない。目的のためなら女子供も平気で殺《あや》める悪辣非道な連中なのだ。

「殿、いかがなさる」

串部が顎を突きだした。

こたえるまでもない。

「ひとり残らず、斬って捨てるまでよ」

吉原で刃傷沙汰を勃《お》こせば、すぐさま、四郎兵衛《しろべえ》会所の恐い連中が飛んでくる。が、いっこうに構わない。ここは羅生門河岸、地獄へ通じる一丁目。悪党どもの地獄行きを邪魔だてできる者はおらぬ。

「それ、殺っちまえ」

長兵衛に命じられ、三方から人影が躍りかかってきた。

「ふん」

蔵人介は抜きぎわの一撃で、ふたりの脾腹《ひばら》を薙ぎ斬った。

「うぎゃっ」

三人目は上段から袈裟懸けに斬りふせ、胸筋と肋骨を斜めに寸断する。

さらに四人目の胴をすり付けに斬り、水平斬りで五人目の素首《そつくび》を薙ぎとばす。

返り血が霧のようにしぶき、蔵人介の顔面に降りかかる。

艶やかな丁字刃に血が滴り、助眞《すけざね》はここぞとばかりに暴れくるった。

「ぐひえええ」

阿鼻《あび》叫喚《きようかん》が錯綜するなかに、長兵衛の顔が見え隠れする。

「ふうん、やるじゃねえか」

怯《ひる》むどころか手下どもをけしかけ、みずからも長尺刀を抜いてみせる。

煽られた悪党どもは多勢を頼り、得物《えもの》を提《さ》げて闇雲に斬りかかってきた。

「殿、お任せあれ」

串部が毛臑《けずね》を剝《む》き、低い姿勢で駆けだした。

駆け抜ける道筋に黒い水飛沫が撥《は》ねあがる。

「この野郎」

大男がひとり、串部の真正面に立ちふさがった。

「死にさらせ」

幅広の段平を大上段に構え、猛然と振りおろしてくる。

「何の」

串部は鼻先で躱《かわ》すや、地面すれすれを薙ぎはらった。

「あれ」

大男は一歩踏みだした途端、泳ぐように顎から落ちてゆく。

輪切りにされた両臑が、前後に開いた恰好で置きざりにされていた。

串部は敵中を右に左に駆け抜け、獲物の臑をつぎつぎに刈ってゆく。

「ぎゃああ」

刈られた連中は血溜まりに這いつくばり、断末魔《だんまつま》の悲鳴をあげた。

蔵人介も闘っている。

耳に聞こえてくるのは、悪党どもの荒い息遣いだけだ。

「くりゃあ」

禿頭《とくとう》の男が管槍を構え、厚重ねの穂先をぶんまわす。

蔵人介は深く沈みこみ、反動をつかって跳躍した。

「なっ」

わずかに遅れ、相手が管槍の穂先を突きあげる。

蔵人介は難なく躱し、助眞を一刀両断に斬りさげた。

「ぐふっ」

禿頭の鼻筋に亀裂が走り、柘榴《ざくろ》のように顔が割れた。

「ひぇっ」

側にいたおふくが腰を抜かし、寝そべる宗次郎のうえに倒れこむ。

それでも、宗次郎は目を覚まさない。

肝が太いのか、それとも、ただの阿呆なのか。

「女め」

手下のひとりが駆けよせ、おふくに躍りかかった。

「きゃっ」

殺られたとおもった刹那、手下がどさっと地に落ちた。

背中に深々と脇差《わきざし》が刺さっている。

蔵人介が咄嗟に投擲《とうてき》したのだ。

「おふく、大丈夫か」

「はい、お殿さま」

「よし、目を瞑《つむ》っておれ」

蔵人介は吐きすてるや、九人目の胸を雁金《かりがね》に薙いだ。

刀身に血脂《ちあぶら》を巻いた助眞が、倍の重さに感じられる。

斬ろうにも、滑って仕方ない。

こうなれば、突くしかあるまい。

「そい」

蔵人介は群がる敵に身を寄せ、突いては剔《えぐ》り、剔っては貫く。

返り血を浴びた真っ赤な顔で、凄絶な斬撃をかさねていった。

「串部、生きておるか」

「は、どうにか」

気づいてみれば、道端に屍骸が累々と転がっている。

残るは頭目の長兵衛ひとり、この男だけはどうあっても斬り捨てねばならぬ。

「ふん、鬼役なんぞに斬られやしねえぜ」

「どうかな」

蔵人介は刀身の血脂を裾で丹念に拭い、黒蠟《くろろ》塗りの鞘に納めた。

長兵衛の眉が、ぴくりと動く。

「くそっ、居合か」

「ほれ、悪党。かかってこぬか」

「しゃらくせえ」

長兵衛は刀を下段に落とし、陣風《はやて》のように突進してきた。

巨体からは想像もつかない素早い動きだ。

「死ねや」

生死の間境を越えた瞬間、長兵衛はぱっと消えた。

上だ。

「ふおっ」

刹那、蔵人介は抜刀した。

丁字刃が風を孕《はら》み、闇を横薙ぎに裂いた。

居合の生命《いのち》は、鞘離れの一瞬にある。

「ぐはっ」

骨を断った感触が手に残った。

長兵衛は右の膝から下を失い、どしゃっと地に落ちた。

が、まだ生きている。

「ぬう……く、くそったれが」

大量の血を流しながらも刀を握りしめ、這って逃げようとする。

「往生際のわるいやつだな」

　蔵人介はのっそり歩みより、悪党を見下ろした。

　長兵衛は太い首を捻り、血痰を吐く。

「地獄で……て、てめえを呪ってやるぜ」

「ああ、そうしてくれ」

「ひとつだけ……お、教えといてやる」

　長兵衛は、血の気の失せた顔で薄く笑った。

「……い、いまごろ、御納戸町は火の海さ」

「何だと」

「……う、上の連中が業《ごう》を煮やしてな……へへ、あばよ」

　長兵衛はみずからの刀を首筋にあてがい、しゅっと滑らせた。

　太い脈が寸断され、夥《おびただ》しい鮮血がほとばしる。

「串部、馬をさがせ」

　蔵人介は吼えあげた。

　江戸城下を馬で駆けるのは御法度《ごはっと》だが、躊躇している暇はない。

　蔵人介は着物の尻を端折《はしょ》り、風のようにどぶ板通りを駆けぬけた。

六

百姓から買った駄馬《だば》を操り、暗闇の大路を疾駆《しっく》させた。

川端の道を選び、神田川を渡ってからは日本橋に向かって一直線に駆け抜ける。

町々の木戸番はひっくり返るほど驚いてみせたが、かまってなどいられない。

さらに、楓川《もみじがわ》と並行して八丁堀を突っきり、京橋《きょうばし》から東海道を南下する。芝口《しばぐち》に出てからは外濠沿いにひた走り、溜池《ためいけ》から赤坂《あかさか》、四谷から市谷へと駆けつづけた。

浄瑠璃坂の中腹で駄馬は力尽き、泡を吹いて横倒しに倒れた。

蔵人介も倒れたいところを我慢し、必死に急坂をのぼりつめる。

——じゃじゃん、じゃじゃじゃん。

聞こえてくるのは、滅多《めった》打ちの早鐘《はやがね》の音だ。

汗みずくになって坂をのぼりきると、眼前に真紅の炎が躍りあがった。

蔵人介はことばも忘れ、羽をひろげた怪鳥《けちょう》のごとき火焔《かえん》をみつめた。

「おらおら、どきゃあがれ」

半纏を着た町火消《まちびけ》しの連中が、大勢出張《でば》っている。

「火元はどこだ」

鯔背《いなせ》な鳶《とび》に聞いてみた。

「御納戸町の旗本屋敷さ。望月某とかいう御納戸頭さまが腹ぁ切りなすってなあ、物狂いしちまった奥方が行燈を蹴倒しちまったんだとよ」

嘘であろう。何者かが屋敷内へ忍びより、望月左門に切腹を迫ったあげく、火を放ったにちがいない。

「おい、風向きは、風向きを教えてくれ」

「教えるまでもねえや、北風さあ」

ならば、まだ一縷《いちる》ののぞみはある。

矢背家の屋敷は敷地の北側に建っているからだ。

蔵人介は野次馬を掻きわけ、前へ前へと進みでた。

顔じゅう泥にまみれ、衣服は襤褸屑《ぼろくず》のように変わりはてている。

巨大な火焔は魔物のごとく躍りくるい、轟々《ごうごう》と音を起《た》てていた。

「お殿さま、お殿さま」

叫び声に振りむけば、煤《すす》けた顔の老人がひとり、必死の形相《ぎょうそう》で食らいついてくる。

「吾助か」

「はい」

「無事か」

「今のところは。冠木門もほら、あのとおり」

「莫迦者、門なぞどうでもよい。みなは無事なのか」

「ご無事です」

「何処におる」

「お屋敷内におられます」

「ほえっ。なぜ逃げぬ」

「ここで逃げては旗本の一分《いちぶん》が立たぬと、大奥様が仰せになられました」

「養母上が」

「助けにみえられた市之進さまもごいっしょです」

「なに、市之進までが」

蔵人介は怒りを腹に溜め、冠木門を潜った。

屋敷内は、耐えがたいほどの熱に包まれている。

雇い人たちは門の外へ逃げたが、志乃を筆頭とする家人は隣との境界にある庭先で踏んばっているらしい。

「養母上《ははうえ》、幸恵、鐵太郎、市之進、何処におる。こたえよ、莫迦者どもが」

蔵人介はありったけの怒声を張りあげ、吾助ともども廊下を走った。

ようやく庭まで行きついたところへ、白装束に襷掛けの連中が睨みつけてくる。

「莫迦者とは何事ですか」

志乃に叱りつけられた。

何と、小脇に薙刀《なぎなた》をたばさんでいる。

「養母上、いかがなされたのですか、その扮装《なり》は」

「ええい、黙らっしゃい。この薙刀を何と心得る。矢背家伝来の鬼斬り国綱《くにつな》なるぞ。くせものがあらば、一刀両断にしてくりょう」

大見得《おおみえ》を切る志乃の顔を、蔵人介はまじまじとみつめた。

もちろん、薙刀を取らせれば海内一《かいだいいち》であることは知っている。

されど、今は薙刀をふるうよりも、逃げるほうが先決だろう。

志乃の背後には顰《しか》め面の市之進が控え、年端《としは》もいかない鐵太郎までが白装束を着せられている。

幸恵はとみれば、縁側に片膝をつき、重籐《しげどう》の弓を構えていた。

狙いをさだめた先は垣根のうえ、紅蓮《ぐれん》の炎が縦横無尽《じゅうおうむじん》に躍りくるっているあたりだ。

風向きがわずかでも変われば、垣根のこちら側に建つ家屋敷はひとたまりもなく呑みこまれてしまうにちがいない。

「幸恵、何をしておる」

「垣根のうえにくせものめの気配が。ゆえに、矢を番《つが》えておるのです」

火の手がおよんでもいないのに、家を捨てて逃げたとあっては武士の恥辱《ちじょく》となる。

そのうえ、火事場泥棒にでも遭えば、まちがいなく重い叱責は免れない。

そこまで読んだうえでの志乃と幸恵の覚悟であった。

「蔵人介どの、ご案じなされますな」

志乃が鬼斬り国綱をたばさみ、微笑んでみせる。

「風向きが変われば逃げますよ。命あっての物種《ものだね》ですからね」

「養母上」

気丈さにもほどがあると言いかけ、蔵人介はことばを呑みこんだ。

鐵太郎が泣きべそを怺え、小さな武者姿で睨みかえしてきたからだ。

「ほうら、ご覧なさい。六つの子供でも道理はわかっております」

「そのようでござりますな」

「ご不幸にも、望月さまはお腹を召された。若殿様と奥様も火中にあって逃げおくれたやに聞きました。さぞや、未練であったに相違ありません。きっと、この世に怨みをのこして逝かれたのでしょう」

その怨みを晴らしてやれとでも言わんばかりに、志乃は面を紅潮させた。

「うりゃあ……っ」

凄まじい気合一声、頭上で国綱を旋回させ、ぴたっと面前に静止してみせる。

腰の据わった見事な構えだ。

おもわず、蔵人介は手を叩きそうになった。

「何をぐずぐずなされておる。蔵人介どの、屋敷はわたしたちが守りますゆえ、あなたはご自分のやるべきことをやりなさい。今すぐに」

「はっ」

志乃の凜とした物言いに胸を突かれ、蔵人介は頭を垂れた。

すかさず、市之進が身を寄せてくる。

「義兄上、拙者もお連れください」

何処に行くとも知らず、無鉄砲な徒目付は真剣な眼差しを向ける。

「よかろう。従いてこい」

「はは」

「されば、養母上、幸恵、ここは頼んだ」

蔵人介は踵を返し、後ろ髪を引かれるおもいで廊下を渡りきった。

七

群雲《むらくも》の狭間から、月が顔を出している。

半刻ののち、蔵人介のすがたは桜田御門外にあった。

「義兄上、ここはまさか」

「さよう、そのまさかだ」

厳《いか》めしい門は、長久保加賀守のものだ。

「こたびの黒幕とは、若年寄の加賀守さまなのですか」

「ふむ」

頷きながら、蔵人介は養父信頼のことばをおもいだした。

——加賀守さまは私利私欲の無いお方。幕閣にあっては唯一、ご信頼申しあげることのできる傑物じゃ。

ゆえに汚れ役を引きうけ、信頼は河豚《ふぐ》毒にあたって逝った。

しかし、よくよく考えてみれば、三十有余年も毒味役一筋に生きた男が、役目の外で河豚の肝を食すだろうか。

知りすぎた男として消されたにちがいないと、蔵人介はおもった。

「加賀守さまは清廉潔白と評判の御重臣。義兄上、何かのまちがいでは」

「そうであってほしいがな。人とは変わるものよ」

権力の座が手の届くところに迫れば、誰であろうと目の色を変える。手段を選ばずに金を掻き集め、人の命も虫螻《むしけら》同然のように扱う。

加賀守も例外ではなかった。

権力を欲したときから、おのれの心に鬼を棲まわせたのだ。

将軍家斉は還暦に近いにもかかわらず、巷間《こうかん》において「種馬将軍《たねうま》」だの「好色公方」だのと揶揄《やゆ》されるとおり、御殿女中に産ませた子の数は五十有余におよぶ。歴代将軍のなかでもとりわけ世情《せじょう》に疎《うと》く、天災や飢饉でどれだけ多くの人々が苦しもうとも、千代田城という鳥籠のなかで飽食《ほうしょく》の日々をおくっている。

一方、西ノ丸にある世嗣の家慶は父に輪を掛けて暗愚《あんぐ》。四十の手前になっても将軍職を継ぐことができず、父への反撥だけを腹に溜めこんで暮らしている。

将軍も世嗣も御《ぎょ》するのは容易と、加賀守は判断した。

そして、覇権を渇望《かつぼう》しはじめたときから、人ではなくなったのだ。

「義兄上、なぜ、おわかりになったのでござりますか」

「望月さまが告白なされた。ご遺言になってしまったがな」

「何と」

市之進はことばを失い、深々と溜息を吐《つ》いた。

「それにしても相手がわるい。長久保家には屈強な用人どもが配されているやに聞いております。のみならず、加賀守さまご自身が佐分利《さぶり》流槍術の名手とか。鎌槍《かまやり》をしごいて待っておるやも」

「及び腰か、市之進。さっきまでの強気はどうした。養母上もやるべきことをやれと申されたであろうが」

「はあ」

「相手がいかに強大であろうとも、威風堂々《いふうどうどう》と立ちむかうのが矢背家の伝統、それが骨のある武士というものよ」

「仰せのとおり」

市之進は小鼻をひろげ、力みかえってみせた。

門は頑《かたく》なに閉じられていたが、脇の潜り戸は開いている。

慎重な物腰で屋敷内に入った途端、蔵人介はおもわず身構えた。

篝火の煌々と焚かれた前庭に、十余人の用人たちが待ちかまえていたのだ。

いずれも鎖帷子《かたびら》を纏い、額に鎖鉢巻きまで締めている。

腕組みをした用人頭が、ずいと一歩踏みだしてきた。

「矢背どの、お待ちしておりましたぞ」

平板な調子で発するのは長久保家の用人頭、藪本十内であった。

総髪で目つきが鋭く、頬に偃月状の刀傷がある。

たがいに知らぬ顔ではない。

蔵人介は、片頬で笑った。

「ほう、わしの来訪を予期しておったと」

「いずれ蔵人介はやって来ると、加賀守さまが仰せになりましてな」

「それはいつのはなしだ。わしと串部が隼小僧の下っ端を斬った夜か」

「よくぞ、おわかりに」

「おぬし、さては賊どもに裏帳簿を盗ませ、わざと逃がしたのか。狙いは何だ」

「さあて。われらは命に服するのみ」

「用人頭なれば、知らぬはずはあるまい」

「ご存じのとおり、小悪党に盗ませたのは裏帳簿なれど、中身は偽物にございました」

「なるほど」

「隼小僧の頭目は周知のこと。三匹の盗人は初手から犬死にときまっておりました。それもこれも、すべては矢背どのを油断させるため」

「わしを油断させるためだと」

「これ以上は喋っても無駄でござろう」

完黙する藪本の五体に、むらむらと殺気が膨《ふく》らんだ。

と、そのとき、背後の暗がりから、肥えた男があらわれた。

「藪本、ちと待て。わしにも喋らせろ」

蔵人介は眉を顰《ひそ》めた。

「おぬしは、西島甚三郎か」

「おうよ。非番の鬼役同士がとんだところで出会ったのう」

「おぬし、碩翁のもとへ寝返ったのではなかったのか」

「こうみえてもな、わしは義理堅い男よ。加賀守さまからの信頼は誰よりも厚い。わしは爺をこますのが得手でな、碩翁もころりと騙されおったわ。それもこれもみな、柳営《りゅうえい》随一の刺客を油断させるため。つまり、おぬしのことだ」

「わからぬな」

「ふふ、おぬしの手で碩翁ともども、林田肥後守を葬ってもらう腹積もりだったのよ。ところが、いま一歩のところで企てはくずれた、望月左門のせいでな。浅はかにも、あやつはおぬしに肝心なことを打ちあけてしもうた」

「それで、屋敷を焼いたのか」

「あれが裏切り者の運命よ」

望月は金に転び、長久保の陣営に取りこまれていたのだ。

「くふふ、今ごろ気づいても遅いわ」

「押見兵庫どのを毒殺したのは」

「あれはな、おぬしの疑念を碩翁に向けるための細工だ。包丁方をひとり抱きこんだのさ。あの日、押見が毒味役にまわることを知っておったのは、わしだけであった。が、もうよい。小細工など弄《ろう》せずともな」

「どういうことだ」

「次期西ノ丸老中の座は、ほぼきまった。無論、長久保加賀守さまでのう。しかも、おぬしのおかげで隼小僧の一味を消す手間も省けたことだし、まずは礼を言わせてもらうぞ。ぐふふ」

頭目の長兵衛は、碩翁と加賀守に二股を掛けた。

要するに、加賀守は盗人どもを飼っていたのだ。

「してみると、昨年の暮れに天守裏の奥金蔵を襲わせたのも、加賀守の指図だったのか」

「さよう。城内に擾乱《じょうらん》の種を蒔き、重臣の方々の心胆《しんたん》を寒からしめるのが狙いじゃ。大奥を騒がせた阿芙蓉の一件もしかり、すべて御政道を加賀守さまの意のままに操るための地均《じなら》しよ」

「くっ」

「声も出せぬか、そうであろうな。人間、知らぬということほど哀しいこともあるまい……おっと忘れるところだ。もうひとつ、加賀守さまの言伝があった」

西島は二重顎を震わせ、へらへら笑った。

「今からでも遅くはない。われらに忠節を誓わぬか。これまでどおり、僕《しもべ》として忠勤を尽くせば、甘い汁が吸えるぞ」

隣に控える市之進が我慢の限界を超え、腹の底から怒声を発した。

「徒目付の横溝伝兵衛を斬殺したのも、おぬしらか」

「それなら、藪本に聞いてくれ。こやつは名の知れた甲源一刀流の遣い手、腕前は折紙付きだ」

「よくも朋輩を斬ったな」

駆けだそうとする義弟を、蔵人介は後ろから抱えこむ。

「待て、市之進。心を平静に保たねば、藪本は斬れぬ」

「ぐふふ」

西島がまた笑った。

「やはり、やる気か。藪本、あとは任せたぞ」

「はっ」

篝火の炎が揺れた。

築地塀に灯籠の影が映っている。

「殺れ」

藪本の指図で、手練の用人どもが一斉に抜刀した。

「市之進、心して掛かれよ」

「はい」

こんどの相手は盗人にあらず、加賀守に厳選された猛者《もさ》どもにほかならない。

「すわっ」

蔵人介は抜刀せずに駆けだした。

「油断するな。相手は居合を遣うぞ」

藪本が、背後から叫びかかる。

須臾《しゅゆ》の間、蔵人介の刃が一閃した。

「ぬおっ」

ひとりが逆袈裟に胸を裂かれ、反転しながら倒れてゆく。

血煙の舞うなかを、蔵人介は脇目も振らずに駆けぬけた。

「小癪《こしゃく》な、斬り捨てい」

狂犬どもの喚きが沸騰し、地面に鮮血が撒かれた。

一方、市之進はとみれば、三人に囲まれている。

刀と刀で向きあえば、たがいに腕はほぼ互角。なれば得意の柔術で片をつけようと接近戦にもちこんだ。

刀を鞘ごと抛りなげるや、ひとり目を横車《よこぐるま》で投げとばす。

投げられた男は石灯籠に頭を叩きつけ、身動きできなくなった。

さらに、市之進は突きだされた刃を躱し、別のひとりの手首を取った。

「いやっ」

一本背負いで投げとばし、咽喉《のど》仏《ぼとけ》に正拳《せいけん》を叩きこむ。

「ぐえっ」

三人目は横蹴りで頬を砕き、首を三角絞めにして窒息させた。

柔術に不慣れな連中は、市之進の繰りだす捨て身の返し技に手を焼いた。

八

蔵人介は篝火を避け、暗がりへ飛びこんだ。

「灯りをもて」

怒鳴りあげる用人の咽喉もとめがけ、中段から突きを見舞う。

「ぎぇっ」

刃を引き抜くや、夥しい鮮血が紐のようにほとばしった。

きんと冷えた前庭に、血腥《ちなまぐさ》い臭気が膨らんでゆく。

——ばすっ。

ふいに、背中を斬られた。

強烈な痛みに振りむけば、用人のひとりが剛刀を突きだしてくる。

「ぬおっ」

蔵人介は咄嗟に弾きかえし、相手の脳天を鉈《なた》割りに斬りさげた。

「ぐはっ」

背中の傷は浅い。

が、着物は血で染まった。

「とあっ」

大柄の馬面《うまづら》が、右八相から斬りかかってくる。

長尺刀の切っ先で、ずばっと袖を断たれた。

断たれると同時に、片手斬りで相手の咽喉笛を裂いてやる。

「ひぇっ」

馬面の首は皮一枚のこしてちぎれ、背中に長く垂れさがった。

長柄刀の威力は、やはり、片手斬りでこそ発揮される。

手練を相手に二合《ごう》、三合と刃を交え、蔵人介は相手を確実に葬った。

烈しい火花が散った。

刃こぼれもひどい。

何人か斬りむすんだところで、助眞はついに悲鳴をあげた。

丁字の刃文は血脂を巻き、もはや、人を斬る道具ではない。

「出刃包丁だな、こりゃ」

それでも、闘いつづけた。

二段、三段と突きを繰りだし、用人どもを串刺しにしてやる。

気づいてみれば、残る相手は藪本十内ひとりになっていた。

「横溝の仇、覚悟せい」

激情に駆られた市之進が、横合いから闇雲に斬りかかっていった。

藪本の構えは、八相よりも肘が高い。

市之進は膝を繰りだし、青眼から突きを見舞った。

「とあっ」

「何の」

一撃は完璧に空《す》かされ、義弟は逆に胸を斬られた。

「ぬっ」

激痛に顔をゆがめ、市之進は片膝をつく。

藪本は引導《いんどう》を渡すべく、大刀を上段に振りかぶった。

「市之進」

おもわず、蔵人介は目を瞑った。

「やっ」

白刃一閃、市之進の素首が落とされた。

と、みえたとき、一陣の黒い旋風が走り抜けた。

「ぬひょ……っ」

妙な悲鳴が聞こえた。

仁王立ちになった藪本の首がない。

輪切りにされた斬り口から、しゅうっと鮮血が噴きあげている。

身を縮めた市之進は顔をあげ、空へ飛んだ生首の行方を追った。

藪本の生首は鞠《まり》のように回転し、どさっと篝火のなかへ落ちた。

燻《いぶ》された死に首の脇へ、蟹に似たからだつきの男があらわれた。

「串部か」

蔵人介は眸子を輝かせる。

「どうにか、間に合いましたな」

串部は樋《ひ》に溜まった血を切り、同田貫を鞘に納めた。

「殿、今宵は藪本よりも、拙者のほうに運がござりました」

「ふむ、そうだな」

黒焦げの死に首を拝む串部に向かい、蔵人介はそっと声を掛けた。

「よいのか、おぬしは長久保家の陪臣であろう。藪本を斬った以上、裏切り者とみなされるぞ」

「これでよいのでござる。加賀守さまが正義に殉じるお方と信じればこそ、お仕え申しあげたまで」

「よう言うた。なれば、市之進の手当てを頼む」

「殿は」

「ふっ、ここからが本番よ」

蔵人介は、破れた袖をちぎりとった。

血脂を拭った袖を捨て、屋敷のなかへ踏みこんでゆく。

踏みこんだ途端、物陰から何者かが斬りかかってきた。

「死ね、矢背蔵人介」

西島甚三郎だ。

蔵人介は身をひるがえし、逆しまに西島の腹を突いた。

「ぐぶっ」

背中まで貫通させた刃を、剔りながら引き抜いてやる。

血を拭ったばかりの刀身が、脂肪でまたぎとぎとになった。

「西甚よ、元の木阿弥《もくあみ》とはこのことだな」

西島は土間に臓物《ぞうもつ》をぶちまけ、潰れた蝦蟇のように俯《うつぶ》した。

ふたたび外に出て、壁際に積まれた水桶を取って刀身を丹念に洗う。布でよく拭って鞘に納め、屋敷の表口に戻って西島の屍骸《むくろ》をまたいだ。

手燭《てしょく》に火を灯し、長い廊下を進む。

足が重い。

当主の居場所は、わかっていた。

曲がりくねった廊下の深奥、そこに道場のような板の間がある。

踏みだす足が、わずかに震えた。

相手は槍術の名手だが、そんなことを恐れているのではない。

恩のある加賀守と斬りあわねばならぬことに躊躇《ためら》いを感じるのだ。

「斬らねばならぬ」

肚には決めていた。だが、先代から引きついだ役目に終止符を打たねばならぬとおもえば、平静ではいられなくなる。

蔵人介は奥歯を嚙みしめ、すっと板戸を開けた。

いる。

――無為。

と大書された軸に向かい、鬢に霜のまじった男が対座している。

「よう来たな、蔵人介」

加賀守は、地の底から湧きでるような声を発した。

右脇には副刃《そえば》の付いた鎌槍が置かれている。

比類無い技倆《ぎりょう》のほどを噂には聞いているものの、蔵人介は加賀守の実力を知らない。

「まあ、座れ」

穏やかな呼びかけに返答もせず、蔵人介は戸口に膝を折った。

「そちの父に生涯でいちどだけ、咎《とが》められたことがあっての。あれは、北町奉行を仰せつかっておったときのことじゃ。とある盗人の詮議にあたり、三十両盗んだところを九両三分の盗みに差しかえてやったのじゃ」

加賀守は正面を向いたまま、淡々と語った。

盗人は干鰯問屋の手代で、出来心から帳場の金に手を付けた。

沙汰により、手代は打ち首を免れ、江戸所払いで済んだという。

「使用人の不始末は店の恥と主人から泣きこまれ、百両もの賄賂まで寄こされてなあ。わしは拒めず、罪を軽くしてやった。それをな、信頼に咎められたのよ」

なぜ、加賀守がそうした逸話を語って聞かせるのか、蔵人介は真意をはかりかねた。

「それからほどなくして、信頼は逝った。おぬしが疑念を抱くとおり、信頼という忠義の士を葬ったのはわしじゃ。貸しのある干鰯問屋に毒殺をもちかけてのう」

「な、なぜでござりますか」

「葬った理由か。そうよな、正義を振りかざすことに、少々疲れておったのかもしれぬ」

加賀守は深々と溜息を吐いた。

「おぬしの父は、妥協を許さぬ反骨漢であった。ゆえにな、安らかに逝ってもらうしかなかったのじゃ。ついでに言えば、打ち首を免れた手代の名は長兵衛というてな、わしが情けをかけたせいで悪の道にのめりこんだ。極悪非道な盗人の頭目となってからも、わしへの義理立てだけは忘れなんだ」

蔵人介は胸の裡《うち》で唸った。

「やはり、隼小僧を飼っておったのか。御前、ひとつお聞きしたい」

「何じゃ」

「望月家の厄介者、宗次郎を廓に軟禁なされましたな」

「ふむ」

「宗次郎とはいったい、何者でござりますか」

加賀守は一拍間をおき、ぼそっと漏らす。

「あのお方は、西ノ丸様のご落胤《らくいん》じゃ」

「……ま、まさか」

次期将軍に決まっている家慶がまだ若い時分、名もなき御殿女中に産ませた子であるという。

家慶に次ぐ将軍職をめぐっては、さまざまな候補が乱立している情況にあり、そうしたなか、隠し子として望月家に預けられた宗次郎の存在はとうてい看過できないものだった。

「将軍家の血筋があきらかにされれば、西ノ丸様のご嫡男ということに相なる」

次代を担う将軍の有力な候補になると、加賀守は声をひそめる。

「嬰児は身分を隠されたまま、望月家へ託されたのじゃ。わしとて、確たる理由はわからぬ。そもそも、託したのは誰なのか。なぜ、望月家でなければならなかったのか。それも判然とせぬ」

いずれにしろ、隣人の望月左門は、金ばかりか、継嗣争いに一石を投じる切り札をも握っていた。

碩翁はお美代の方と共謀し、加賀前田家から世継候補を立てようと画策している。それだけに、宗次郎の存在を知ったときは、尋常ならざる焦燥に駆られた。当然の帰結として、望月家そのものの消滅を謀るべく躍起になった。

林田肥後守派の大番頭だった望月が寝返った理由も、碩翁との確執にあったのだ。

事情は蔵人介の想像を遥かに超えており、聞けば聞くほど混迷の度は深まってゆく。

「近い将来、わしは老中首座となり、ぬるま湯に浸かった幕臣どもに活《かつ》を入れてやるつもりじゃ。それまでは、どのような手段を講じてでも目的を遂げねばならぬ。

どうじゃ、蔵人介、わしを助けぬか。そちが側におれば、わしも心強い」

「お断り申す」

即答するや、加賀守は正面を向いたまま、胸を反らして笑いあげた。

「ふはは、やはり、蛙の子は蛙じゃな」

加賀守は鎌槍を取り、すっと立ちあがった。

そして、蔵人介のほうへ向きなおる。

「わしは、そちの養父を卑劣な手管《てくだ》で殺した。口惜しいであろう……そうじゃ、怒れ、もっと怒れ。怒りは空の心を乱す。心が乱れし者は、かならずや地獄をみる。それが勝負の掟よ。なればゆくぞ、いざっ」

長柄の槍を青眼《せいがん》に構えた途端、加賀守の二の腕が瘤《こぶ》のように盛りあがった。

老いた男のそれではない。真正面に崛起《くっき》しているのは、鍛えぬかれた強靱な武芸者にほかならなかった。

「くわっ」

蔵人介は怒りにまかせ、前のめりに斬りこんでゆく。

「甘いのう。駄目じゃと申したであろうに」

刃を合わせるまでもなく、穂先で軽くあしらわれた。

片鎌の副刃が旋回し、臍下《せいか》を無造作に払われる。

「うぐっ」

腹を浅く剔られ、蔵人介は必死に間合いから逃れた。

「よくぞ躱した。褒めてつかわす」

加賀守は白い鬚を蠢かす。

「ほれ、掛かってこぬか」

「つあっ」

蔵人介は素早く駆けより、斜交《はすか》いに突きかかる。

烈しい火花が散った。

鋼と鋼が激突するたび、全身に重い衝撃が伝わってくる。

そもそも、槍と刀の勝負では、槍のほうが二段勝るといわれていた。ただでさえそうであるのに、相手の槍捌《さば》きは並みではない。常識で考えれば、勝負の行方はみえている。

加賀守は長柄を旋回させ、鉄板の巻かれた石突《いしづ》きでの打擲《ちょうちゃく》をも狙ってきた。

無論、当たれば骨を砕かれる。

「ほれ、どうじゃ、ほれ」

加賀守は戯れているかのように、突きと薙ぎの連続技を仕掛けてきた。

そうかとおもえば、長柄を旋風のごとく振りまわし、石突きを繰りだしてくる。

蔵人介は凄まじい連続技に翻弄《ほんろう》され、反撃の糸口すらみつけられない。

「遊びは仕舞いじゃ」

加賀守の目の色が変わった。

穂先が風を裂き、ぐんと鼻面へ伸びてくる。

紙一重で躱すや、加賀守は会心の笑みを泛《うか》べた。

「得たり」

けら首が、くるっとまわる。

鋭利な穂が唸りあげ、横薙ぎに襲いかかってくる。

すんでのところで弾いた途端、耳を裂くような金属音が響いた。

「うおっ」

助眞が、まっぷたつに折られたのだ。

「ふふ。鬼の首、貰いうけた」

――けえ……っ。

乾坤一擲《けんこんいってき》、加賀守は穂先を突きだした。

咄嗟に屈んだ瞬間、蔵人介は頰を裂かれた。

血がしぶくのも構わず、つつっと相手の懐中へ滑りこむ。

折れた助眞を握ったまま、流れるような動きをしてみせた。

刹那、長柄の目釘《めくぎ》がはずれ、内側から八寸の刃が飛びだす。

「なに」

一瞬の光芒《こうぼう》が閃き、加賀守の咽喉笛を掻っきった。

「ぐっ」

ぱっくりひらいた亀裂から、鮮血が雨となって降りそそいでくる。

加賀守は槍の穂先を逆しまに突きたて、みずからの体軀を支えた。

驚いたように双眸《そうぼう》を瞠《みは》り、噴きだす血飛沫を睨みつける。

そして、弁慶《べんけい》のごとく仁王立ちになり、微動もせずにこときれた。

「殿、殿っ」

廊下のむこうから、串部が呼びかけてきた。

「ご首尾は、ご首尾はいかに」

「おう、なんとか生きておるぞ」

串部は板の間に踏みこむや、ことばを失った。

悄然《しょうぜん》と佇む加賀守が死してなお、鋭い眼光を放っていたからだ。

「串部よ」

「はっ」

「この刀、やはり贋作であったわ」

ふたつに折れた刀のおかげで、命拾いをしたのだ。運があったというよりほかにない。

「さようでしたか。ならば、本物の助眞を手に入れねばなりませんな」

「ふっ、そうだな」

蔵人介は力無く笑い、折れた刀を捨てた。

九

春の淡い色合いは濃い新緑に変わり、野面《のづら》は一気に華やいだ。

卯月朔日《うづきついたち》には着物から綿を抜き、更衣《ころもがえ》をおこなう。

八日は釈迦《しゃか》の降誕を祝い、寺では牡丹や芍薬《しゃくやく》で飾った花御堂《はなみどう》に仏像を安置する。

武家でも町屋でも、新茶や頂戴餅を仏壇に供えたりした。

このころになると、空木《うつぎ》が雪のような五弁の花を咲かせ、梅雨《つゆ》の到来を予感させる長雨が降りつづく。春を惜しむ雨のそぼ降るなか、田圃では種蒔きがはじまり、飛鳥山《あすかやま》のあたりまで足を延ばせば、不如帰《ほととぎす》の音色を聞くこともできた。

雨の恵みを受けた黒土に咲く紅い花は、翁草《おきなぐさ》であろうか。

今時分は茄子が美味い。

蔵人介は青物市場《やっちゃば》で買いもとめた茄子の浅漬けを齧り、縁側で熄《や》む気配もない雨を眺めている。

そういえば、台所方からくすねた美濃米《みのまい》があったな。

にんまりとする。

御膳所の米は、美味いと評判の美濃米のなかでも格別の代物だ。

搗屋《つきや》で搗《つ》いた精米を黒漆の盆にばらまき、そのなかで厳選された大きくて形の良いものだけが運ばれてくる。

浄瑠璃坂のほうから聞こえているのは、物乞い唄であろうか。

――さっさござれや、まいねんまいねん、旦那の旦那の、お庭へお庭へ、飛びこみ飛びこみ、甘茶をもらいに甘茶をもらいに、跳ねこみ跳ねこみ、飛びこみ飛びこみ、さっさござれや。

節季候《せきぞろ》たちが灌仏会《かんぶつえ》の馳走《ちそう》をあてこみ、大声を張りあげているのだ。

本日、長久保加賀守と西島甚三郎の不審死に関するあつかいがきまった。

いずれも、病死である。

次期西ノ丸老中には、林田肥後守が推輓《すいばん》された。

加賀守はきっと、草葉の陰で臍《ほぞ》を噛んでいるにちがいない。

志乃と幸恵の祈りが通じたのか、幸運にも居屋敷は類焼《るいしょう》を逃れた。

望月家の跡地は焼け野原となり、御上へ没収されたのちに火除地《ひよけち》とされる。

志乃が機転を利かせて切坪の手続きを終えていたため、蔵人介たちは土地を逐《お》われずにすんだ。

先代より引きついだ裏の役目は消え、肩の荷がおりた反面、物足りなさも感じる。

矢背家の面々は平穏な暮らしに戻りつつあったが、ひとつだけ大きな変化が訪れた。

望月宗次郎があろうことか、離室《はなれ》へ住みついてしまったのだ。

居候《いそうろう》であった。

宗次郎は夜な夜な抜けだし、吉原へ通っている。

信じがたいことに、夕霧の心を射止めたらしい。

桔梗屋が潰れ、遊女たちは晴れて年季明《ねんき》けの身となった。

にもかかわらず、夕霧だけは吉原に留まり、花魁をつづけてゆくのだという。

意気地《いくじ》のある女に惚れたのさと、宗次郎は串部に嘯《うそぶ》いてみせた。

吉原一の花魁と良い仲になろうとは、まことに羨ましいかぎりだが、宗次郎は自分が世嗣家慶の落とし胤《だね》であることを知らない。

蔵人介も、敢えて教える気はなかった。

「物事はなるようにしかならぬ」

そう、おもっている。

色男の宗次郎には、幼心に焼きついた思い出がひとつあった。

ちょうど、鐵太郎と同じ六つのころというから、今から十五年ほどむかしのはなしになる。宗次郎は八幡神宮で袴着《はかまぎ》の儀式を済ませたのち、父の左門に連れられてお城を見物にいった。そのとき、厳めしい桜田御門から、裃姿の武士がひとり颯《さっ》爽《そう》とあらわれた。

父の言うには、それが蔵人介であったという。

たったそれだけの逸話だ。

――あれが鬼より恐い蔵人介ぞ。

父のことばがいつまでも耳から離れないと、宗次郎は真剣な眼差しで串部に告白したのである。

節季候の唄は消え、いつのまにか、雨も熄《や》んだ。

曇天の狭間には青空がひろがり、虹がうっすらと架かっている。

涼やかな風がそよぎ、垣根に覆いかぶさる雑木の梢を揺らした。

「小腹がお空きでしょう」

幸恵が楚々《そそ》とした物腰で、焙《ほう》じ茶とあんころ餅を運んできた。

「夜舟《よふね》か」

「はい、着くやおぼろのなんとやら、お好きな塩餡《しおあん》ですよ」

立夏に食べる塩餡は「舟が着く」と「餅を搗く」のふたつを掛けて「夜舟」などと、洒落た異称で呼ばれている。蔵人介の好物であった。

「幸恵、隣の屋敷は跡形もなく焼け、雑木だけが残ったな」

「まことに」

「もう遠慮する相手もおらぬ。邪魔なら雑木を伐ってもよいのだぞ」

水を向けると、意外な返答がもどってきた。

「せっかく焼けのこったのですよ」

「伐らずともよいと申すのか」

「はい、伐らずにおきましょう」

夏場は灼熱の陽光を遮ってくれ、冬場は穏やかな日差しを投げかけてくれる。

焼けのこった裏庭の雑木を、望月家の思い出ともども、幸恵はとっておきたくなったのだろうか。

蔵人介は「夜舟」を頬張り、焙じ茶を啜った。

「美味いな」

「そうでしょうとも。『松葉屋《まつば》』の夜舟にござりますからね」

「松葉屋といえば、御用達ではないか」

「ええ、お義母《かあ》さまが賄方の片桐《かたぎり》さまから頂戴したのだとか。ふふ、賄賂のお裾分けでござりますよ」

「ぬぐっ」

餅が咽喉に詰まり、蔵人介は噎《む》せた。

「あらあら、子供みたいに」

背中をさする幸恵の顔が、ほとけのように微笑んだ。

二〇一二年四月　光文社文庫刊

図版・表作成参考資料

『図解　江戸城をよむ――大奥　中奥　表向』（原書房）
『江戸城本丸詳圖』（人文社）

光文社文庫

長編時代小説

鬼《おに》　役《やく》 壱《いち》 新装版

著　者　坂《さか》　岡《おか》　真《しん》

2021年 9 月20日　初版 1 刷発行
2022年 7 月25日　2 刷発行

発行者　鈴　木　広　和
印　刷　新　藤　慶　昌　堂
製　本　ナショナル製本

発行所　株式会社　光　文　社
〒112-8011　東京都文京区音羽1-16-6
電話（03）5395-8149　編　集　部
8116　書籍販売部
8125　業　務　部

落丁本・乱丁本は業務部にご連絡くだされば、お取替えいたします。
ISBN978-4-334-79250-3　Printed in Japan

組版　萩原印刷

鬼役メモ

画・坂岡 真

キリトリ線

※ページ内側にあるキリトリ線で切って、備忘録にお使い下さい。

キリトリ線

鬼役メモ

画・坂岡 真

※ページ内側にあるキリトリ線で切って、備忘録にお使い下さい。

鬼役メモ

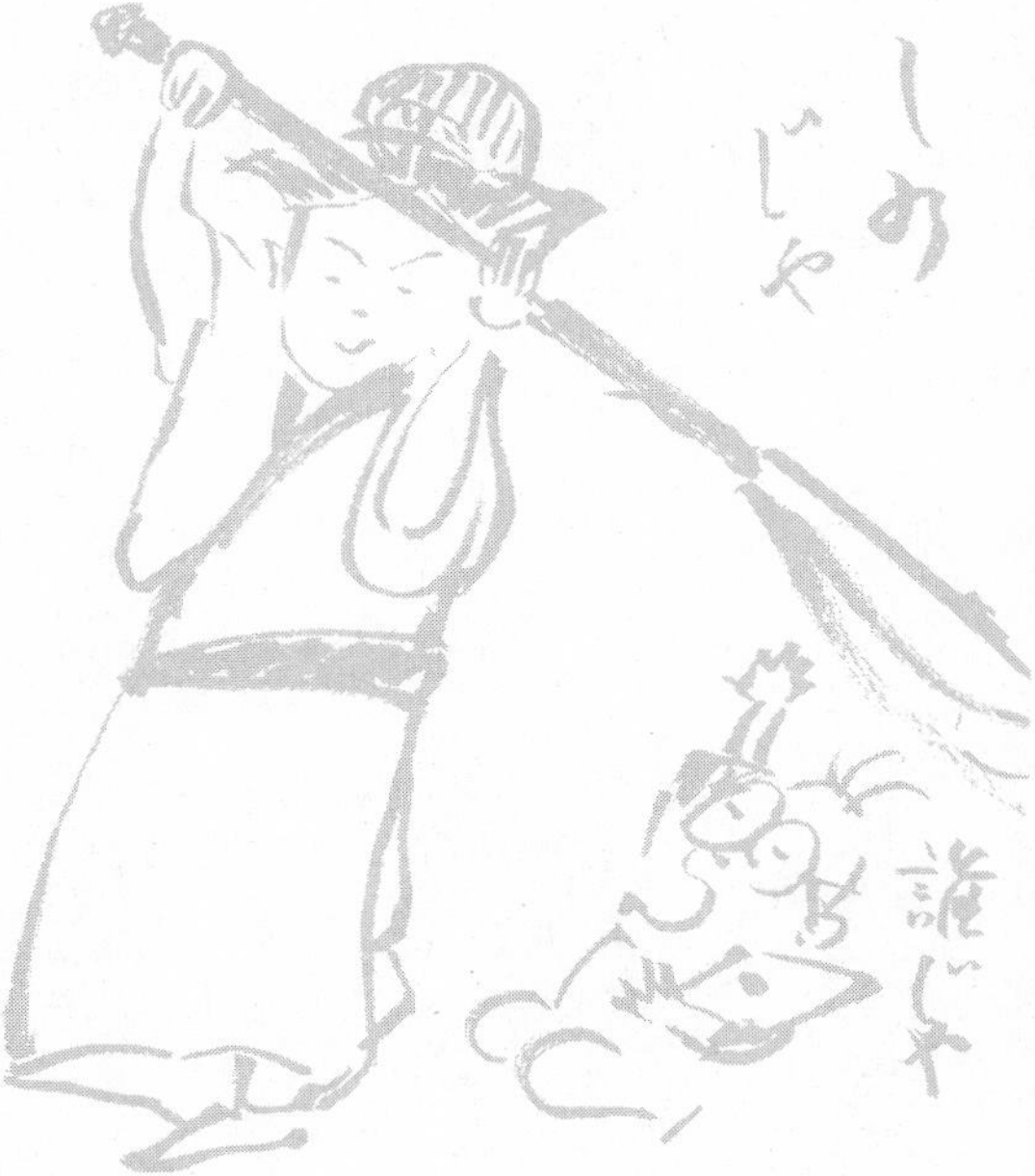

画・坂岡 真

キリトリ線

※ページ内側にあるキリトリ線で切って、備忘録にお使い下さい。

キリトリ線

鬼役メモ

画・坂岡 真

※ページ内側にあるキリトリ線で切って、備忘録にお使い下さい。

鬼役メモ

画・坂岡 真

キリトリ線

※ページ内側にあるキリトリ線で切って、備忘録にお使い下さい。

キリトリ線

鬼役メモ

画・坂岡 真

※ページ内側にあるキリトリ線で切って、備忘録にお使い下さい。